ARSON

LAURA FREUDENTHALER

나남
nanam

아르슨

2025년 12월 10일 발행
2025년 12월 10일 1쇄

지은이 라우라 프로이덴탈러
옮긴이 신지영
발행자 趙相浩
발행처 ㈜나남
주소 10881 경기도 파주시 회동길 193
전화 (031) 955-4601 (代)
FAX (031) 955-4555
등록 제1-71호(1979.5.12.)
홈페이지 http://www.nanam.net
전자우편 post@nanam.net

ISBN 978-89-300-0921-8 04850
978-89-300-0909-6 (세트)

책값은 뒤표지에 있습니다.

아르슨

라우라 프로이덴탈러 지음
신지영 옮김

나남
nanam

Arson
by Laura Freudenthaler

불꽃을 지키는 자가 미쳐 날뛰면,
불도 미쳐 날뛴다.

— 스티븐 J. 파인

넓은 도로, 오르막, 그 정상에 건물들로 둘러싸인 한 장면, 배경은 두꺼운 돌로 된 원형건물의 일부. 왼쪽에서 작은 무리의 사람들이 등장하고, 맨 앞에 선 관광안내원이 깃발을 들고 뒷걸음질 친다. 그는 몸을 돌려 장면의 오른쪽 가장자리로 사라지고, 무리가 그 뒤를 따른다. 외침들이 파도처럼 부서졌다가 썰물처럼 빠져나가고, 몇몇 사람들은 자기 목소리의 울림에 귀를 기울인다. 나는 잠에서 깨지만 내가 어디에 있는지 알지 못한다. 오늘은 아직 저만치 멀리에 있고 어제도 또 그만큼 멀리에 있다. 나는 어제에서 오늘로 건너오는 건널목에서 잠을 잤고, 내가 낯설다. 내 팔다리는 내 주위에 널려 있고, 나는 한가운데서부터 현실로 돌아온다. 한 다리를 움직이고, 다른 한 다리를 끌어당기고, 오른손을 들어 허리, 목, 이마를 만지고, 팔꿈치를 짚어 몸을 세운다. 어둠 속에서 선들을 식별하고 해석하려 해본다. 이윽고 창문의 아래쪽 가장자리가 탁자 모서리임이 드러나고, 내 위 암흑으로부터 대들보가 풀려나오고, 암흑은 네 귀퉁이에서 짙어지고, 네 귀퉁이는 벽으로 연결되어 있고, 벽이 방을 만들고, 이 방을 나와 복도를 지나면 더 큰 공간에 이르고, 거기에 밖으로 나가는 문이 있다. 벌써 몇 주 전부터 나는 이 풍경 속에 들어 있고, 집들은 넓은 지역에 점점이 흩어져 있다. 소음이 나를 깨웠으리라. 아침. 아침이 밝아오고 먹이가 주어지기를 기다리는 고양이.

스침은 소리가 아니다. 이 시간에는 아무것도, 아무도 무엇도 기다리지 않는다. 뭔가를 견뎌내는 것들이 있고, 물 만난 물고기 같은 것들도 있다. 아침마다 고양이는 안전거리를 두고 기다리다가 내가 집 안으로 들어가면 다가와서 사료를 먹는다. 친밀감은 없다. 나는 베개 위에 머리를 누이고, 두 다리를 배 앞으로 끌어당기고, 얇은 이불을 바싹 당긴다. 너무 늦었다. 나를 보호해주는 잠은 내게서 떨어져 나갔다. 나는 여기 사람이 아니다. 이 지역에는 늑대가 있다. 이들은 돌아왔고 그 수가 늘어날 것이다. 소리 없이 어슬렁거리고, 걸을 때마다 가죽 아래 어깻죽지가 올라갔다 내려가고, 사람 눈에 띄는 일은 드물다. 나를 깨운 모기의 접촉이 뺨에서 느껴진다. 잠을 자지 못하면 나는 괴물이 될 것이다. 방 안 공기에 독성을 띠게 하는 전자모기향을 설치해야겠다. 침실을 나와 건넌방으로 가서 천장 등을 켠다. 방 한가운데 미동도 없이, 앞으로 뻗은 내 손바닥만 한 거미 한 마리가 꽉 다문 턱에 사냥감을 물고 있다. 둘 다 가만히 있는다. 내가 머리를 떨군다. 타일 바닥 위의 내 맨발. 불을 끄고 침대로 돌아간다. 내 굽은 등, 상체 앞에서 접은 두 팔과 두 다리가 밤사이 내 활동 반경을 표시한다. 모기는 내 오른쪽 어깨 위에 내려앉는다.

나는 집 앞에 서서 왼팔을 가슴 위로 비스듬히 뻗어 오른쪽 어깨를 긁는다. 저 아래 밭에서는 밤에 불을 놓았고, 검은 무더기에서 연기가 피어오르고, 바람은 연기를 동쪽을 향해 탁 트인 공간으로 내몬다. 다른 방향에서는 개 한 마리가 꼬리를 흔들며 달려오고, 펄럭이는 작은 연기 깃발 하나가 되돌아왔다가 다시 바람과 함께 달아난다. 한 손을 이마 위에 얹어 눈에 그늘을 만든다. 하늘은 뿌옇고, 연기로 가려진 태양과 마찬가지로 구름들도 하나하나 식별할 수가 없다. 개는 농로를 따라 총총 달려간다. 바큇자국과 발자국 들은 마르고 오래되었다. 개를 소유한 남자는 머리가 허옇게 센 남자다. 나이가 그에게서 불필요한 움직임이나 서두름을 깡그리 앗아갔을 뿐 아니라, 그는 무심함 말고는 타인과 나눌 것이 없다. 개가 소유한 남자는 손님으로 와 있는 다른 남자를 대접하지 못한다. 포도주도, 빵도, 물도 없다. 평탄한 풍경 속에 난 길들 말고는 아무것도 없고, 두 사람은 그 길을 함께 걸어간다. 더 이상 아무것도 생산해내지 않는 땅을 밟으며.

어두워지기 전에 나는 아래로 내려가서 둥지 튼 잔불이 있는지를 살펴보고, 재 속에서, 아직 온기가 남은 숯으로 변한 나무토막을 몇 개 발견하고는 흙으로 덮는다. 사람들은 숲의 왕을 렉스 네모렌시스Rex Nemorensis, 즉 '네미의 왕'이라 불렀다. 그는 도망친 노예이자 살인자였다. 이전 왕을 죽이고서야 왕이 될 수 있었으니까. 어느 날 살해될 수 있는 자유, 어떤 날이든. 광장에 있는 술집 이름은 '황금 가지', 이 지방은 숲과 숲에서 자라는 딸기로 유명하다. 겨우살이도 잘 번성할 수 있는 기후다. 떡갈나무는 더 이상 자라지 않는다. 떡갈나무는 다른 곳에서처럼 이곳에서도 죽어 나간다. 나는 차를 타고 도시로, 북쪽으로 돌아간다.

날이 추워졌다. 금속 욕조 속에 잠긴 듯하다. 이 안에서 나는 움직이고, 얼음장 같은 외피에 부딪힌다. 잠에서 깨어 자신이 어디에 있는지 모른다는 사실은 공간과 몸에 대한 표상이 있음을 전제한다. 나는 내가 일어나 앉아 앞을 응시하고 있음을 확인한다. 적어도, 헤쳐나갈 길을 찾으려는 시도는 끊임없이 해야 한다. 잠에서 깬 그 장소를, 전에 한 번 보았을 것이므로 다시 알아보거나, 아니면 미지의 장소에서 깨어났다는 사실을 파악해야 한다. 잠을 잤다는 것을 알아야 한다. 내가 얼마나 오래 침대 위에 앉아 멍하니 앞을 응시했는지 모르지만 지금은, 짧은 동안과 긴 동안이 있었음은 안다. 나는 잠을 잤고 잠에서 깼다. 춥다.

비축품은 바닥났고 그나마 남아 있는 것은 구하기가 어렵다. 난 생존을 위해 살기 시작해야 한다. 바닥에 놓여 있는 털양말을 신는다. 침대 옆에는 튼튼한 신발이 대기하고 있고, 두꺼운 양말 탓에 신기가 힘들지만, 신는다. 한밤의 거리는 텅 비었고, 공기는 건조하고 차갑다. 여기 땅은 포장이 되어 있다. 숲속의 땅은 촉촉하고 숲속에는 개천과 샘 들이 있다. 숲을 찾아야 한다. 앞쪽 한 모퉁이에, 문을 닫은 슈퍼마켓 옆에 철창문이 있고, 날씬한 그림자 하나가 그 문으로 소리 없이 사라진다. 네 발로. 싫어도 해야 한다. 어두운 밤 나는 보도 위에, 상체는 꼿꼿이 세운 채, 무릎을 대고, 아스팔트 위 종지뼈가 차갑다. 동물들이 물 냄새를 맡고 내 위치를 탐지한다. 동물들의 흔적을 쫓는 게 답이다. 나는 두 손 위에 온몸 무게를 싣는다. 인대가 찢기듯 땅긴다. 출발.

안드레아는 그럴 나이가 된 이후로는 성탄절을 더 이상 가족들과 보내지 않는다. 그녀의 남자친구 이름은 안드레스, 그는 지금 며칠째 스페인에 있는 가족을 방문 중이다. 미리암의 친구는 성탄절 휴가에도 출근하고, 동료들은 그녀가 근무를 해주는 데 고마워한다. 그녀는 가능하면 집에서 보내는 시간을 줄인다. 그녀는 엄마와 함께 살고 있고, 엄마는 그녀에게 의지하고, 그녀는 엄마하고는 꼭 필요한 말만 한다. 친구가 엄마와 같이 사는 그 집을 미리암은 들어서만 안다. 미리암과 친구가 함께 있을 때면, 그건 미리암의 집에서다. 안드레아는 비싼 포도주를 사 왔고, 지금 또 한 병을 딴다. 우리는 국가보조금, 불법으로 지불된 사례금에 대해 이야기를 나누고, 안드레아는 오늘 저녁은 조금 경박함이 필요하다고 말한다. 후식으로 초콜릿케이크가 나온다. 안드레아는 지금 기획 중인 전시를 이야기한다. 자화상에 집착하는 한 여자가 자신이 보는 자신의 모습을 사진으로 찍으려 한다. 보는 각도 때문에 일은 잘 진척되지 않는다. 그래서 안드레아는 자기가 찍은 사진들의 복사본을 만들어 두 장을 나란히 마주보게 배치할 작정이다. 창문은 활짝 열려 있고, 온화한 밤이다. 우리는 사이렌 소리가 아주 가까이 오면 말하기를 멈추었다가 그 울부짖는 소리가 사라지면 다시 이야기를 나눈다. 미리암은 내게 새 집이 편하냐고 묻는다. 지금까지는 그래. 안드레아가 웃는다. 그녀는 스페인 음악을 틀고 잔을 든다. 우리를 소비하는 삶을 위해 건배. 미리암은 음악에 맞춰 노래를 부르고 안드레아는 나를 부추긴다. 그녀는 두 손을 내 허리에 얹고, 우리는 서로 끌어안은 채 배와 배를 맞대고 춤을 춘다.

아침마다 나는 탁자 앞에 앉는다. 내 손은 연필을 쥐고 있고, 나는 시선을 내리깐다. 시야의 상부 가장자리에 희미한 형상들이 보인다. 늘 있는 헛것이고, 거기, 수평선에 있으리라. 수평선은 관찰 가능한 것을 관찰 불가능한 것과 분리한다. 위를 쳐다보면 그 형상들은 사라졌다가, 종이 위에서야 다시 나타난다. 시야 가장자리를 살짝 위로, 다시 조금 더 위로 밀어 올려본다. 한 손에는 연필을 쥐고 내가 연결고리가 되어 시선을 더 들어 올린다. 창문 쪽으로, 그 너머 거리로, 멀리.

하늘과 땅이 닿는 곳. 먼 곳을 보지 말고 가능한 한 대기를 볼 것. 공기는 춤추기 시작하고, 그 춤은 공간 속의 파장, 내 몸속의 피다. 뭔가가 눈 위에서, 고막 옆에서, 피부 아래서, 저 밖에서 움직인다. 단 한 순간도 고정시킬 수 없는 반짝임, 아주 조그마한 밝은 점들이다. 시선을 돌려, 더 깊이 공간을 들여다본다. 검댕은 눈송이처럼 모양이 같은 것이 없고, 눈송이보다 더 작은 결정체이며 대기의 중간권까지 상승해서 구름을 한층 더 밝게 보이게 한다. 차가운 공기는 기관지를 수축시킨다. 오스트레일리아에서는 문마다 젖은 수건을 걸어두어 연기가 안으로 들어오지 못하게 한다. 네가 꿈을 꾸는 동안, 거기는 실외 섭씨 51도, 환한 낮이다. 폭격기라 불리는 초대형 소방헬기는 15톤의 물을 실을 수 있다. 나는 물은 어디서 오는 것일까 자문한다.

날아가라니까. 안드레아는 나도 좀 누리고 살라고 말한다. 이미 끝난 일인 걸, 나는 말한다. 그럼 이별 여행이라 생각해. 나는 울리히와 카리브해의 섬으로 날아간다. 그가 항공권을 샀고 콘도 방을 예약했다, 7층, 바다 전망. 나는 프런트에서 직원에게 내 신용카드를 준다. 그러고 싶다고 나는 독일어로 말하고, 울리히는 내 옆에 서서 영어로 내 국적을 확인해준다. 네가 이해가 안 돼, 울리히는 승강기를 타고 올라가는 동안 말한다. 우리는 주변을 둘러보지도 않고 잠을 자러 간다. 착륙했을 때가 벌써 밤이었다. 깨어보니 빛으로 충만한 넓은 공간이다. 한 손의 손가락들을 꼼지락거려보고, 가슴 앞쪽에서 팔을 하나 더 느낀다. 눈을 뜬다. 두 팔이 낯선 침대 시트 위에 놓여 있다. 두 손을 움직여본다. 한 발을 내밀어 맨 발가락들을 공기 중으로 뻗어본다. 몸을 일으켜 침대 가장자리에 앉고, 손가락들이 내 등을 건드리자 움찔한다. 현실인가? 울리히는 더 가까이 다가온다. 시간이 벌써 이렇게 됐어?

여느 아침처럼 우리는 테라스에서 커피를 마시고 울리히는 어제 신문을 읽는다. 나는 우유를 가지러 들어간다. 냉장고 문을 닫고 그 앞에서 우유팩을 손에 들고 서 있다. 벌써 세 번이나 말했지, 냉장고 아래 뭔가가 있어. 어둠과 함께 밤의 소음과 대양의 공기가 열린 테라스 문을 통해 들어온다. 울리히가 말한다. 곰팡이 핀 치즈 껍질이거나 빵 부스러기야. 우리는 소파에 나란히 앉고, 탁자 위에는 포도주 한 병, 잔 두 개가 놓여 있다. 그는 포도주를 마시면서 말한다. 넌 균사가 자라는 소리를 듣는 거야, 네가 너무 자연친화적이기 때문이지. 우리는 웃는다. 방 한가운데서 파장들이 집의 소음에 부딪혀 부서진다.

뭔가가 있어. 나는 이렇게 말하고, 우리는 침대에 누워 있다. 울리히는 일어나 부엌으로 간다. 그는 불을 켜고 큰 소리로 말한다. 지금 바닥에 무릎을 꿇고 앉았어. 지금 냉장고 아래를 들여다보는 중이야. 하지만 난 그의 말을 믿지 않는다. 내가 듣는 소리를 그는 들으려 하지 않는다는 걸 벌써 알아버렸으니까. 그는 불을 끄고 돌아온다. 어둠이 아직 완전히 짙어지지는 않았고, 나는 그를 본다. 그가 말한다. 아무것도 없어. 그는 침대 앞에 서서 손가락 끝으로 내 맨 발가락을 건드린다. 난 그게 뭔지 알아. 내가 말한다. 쥐야. 터무니없는 소리. 울리히는 설치류를 싫어하고 배설물이나 세균을 무서워한다. 쥐야. 그는 침대와 방문 사이를 오락가락하면서 말한다, 야단법석 떨지 마. 그가 왔다 갔다 하고 있음에도 나는 바스락거리는 소리를 듣는다. 나는 이제 침대 위에 서서 매트리스 위를 뒤뚱뒤뚱 걸어가고 그동안 그는 문에서 성큼성큼 방을 가로질러 침대로 왔다가 되돌아간다. 내가 말했잖아, 뭔가가 있다고, 쥐야, 나는 말하고, 점점 더 크게 그리고 점점 더 엄하게 그가 소리친다. 그건 네가 할 말이 아니야, 네 대사가 아니라고! 나는 매트리스 위에서 뛰어오른다. 저기 뭔가가 있어. 나는 뜀을 뛴다. 쥐야, 나는 소리친다. 그리고 매트리스가 너무 푹신한 탓에 무릎이 꺾여 넘어지고, 갑자기 천장을 보고 눕는다. 울리히는 침대 위로 돌진하고, 내 입을 막고, 나를 완전히 덮기 위해 내 위에 눕는다.

커피 더 줄까? 응, 좋아. 내가 너무 빨리, 친절하게 대답하자 울리히는 의아하게 내 얼굴을 쳐다보고, 곧 다시 신문에로 눈을 돌린다. 그는 커피는 잊고, 집중해서 신문을 읽고, 나는 그의 옆모습을 살피면서, 그가 아무것도 모르는 척하는 것일 뿐일까 자문한다.

정말? 나는 손등 위에서 단어들을 손톱으로 튕겨낸다. 왜? 의미를 못 만드니까. 나 울리히와 헤어졌어. 나는 웃어야 한다. 웃는 것과 웃어야 하는 것 사이에는 정말이지 차이가 있어, 그렇지? 안드레아는 무슨 일이 있었느냐고 묻는다. 나는 더 이상 그를 보고 싶지 않고, 더 이상 아무 말도 듣고 싶지 않아. 통화, 음성메시지, SMS, 이메일, 전부 다. 미세한 먼지가 아직 공중에 매달려 있고, 역광 속에서 나는 혼탁한 먼지덩어리를 알아볼 수 있다. 사실 너희들의 연애는 늘 뭔가 이해할 수 없는 것이었어, 매 순간 지나가버릴 수 있을 것처럼. 모든 이야기는 매 순간 지나갈 수 있고, 끝나거나 중단될 수 있다. 화자의 싫증 또는 죽음을 통해서 또는 벌로. 우리 연애는 너무 오래갔다. 부담 없는 관계는 오래가도 여전히 무책임한 관계야, 안드레아가 말한다. 나는 문과 침대 사이를 오락가락하는 울리히를 본다. 넌 그런 말을 해서는 안 돼. 무슨 말? 미안, 이 말을 하려던 게 아니었어, 그냥 기억이 하나 났어. 무책임, 이것도 의미 없는 말이다. 무책임과 무의미라는 감정은 전적으로 서로 관련이 있을 거야, 안드레아가 말한다. 무의미는 어떤 느낌일까? 미세먼지는 느낌이 아니고 우리는 그 작용을 느낄 뿐이다. 건강에 미친 해악이 드러날 때까지 오랜 시간이 걸릴 수 있다. 나는 말한다, 지루함, 그리고, 익숙해짐. 안드레아의 심리상담사 말에 따르면, 관계가 성장하려면, 함께하는 프로젝트가 필요하다. 개개인이 삶에서 목표가 필요한 것처럼.

내가 이사 가는 집에는 늘 탁자가 하나 있고, 거기서 나는 작업을 하고 식사를 하고 술도 마신다. 탁자 주위 바닥에는 당장 쓰지 않는 물건들을 쌓아둘 자리가 많다. 나는 오른손에 쥐고 있던 연필을 이제 내려놓고, 팔을 탁자를 가로질러 커피잔 쪽으로 뻗는다. 커피를 마시는 동안, 탁자 상판 위에 놓인, 가볍게 주먹을 쥔 왼손을 관찰한다. 내가 이사 가는 집마다 바닥에는 매트리스 하나, 이불 두 채, 베개 두 개가 있다.

나는 몸을 돌려 잠에서 깨어나고, 한 팔을 뒤로 뻗는다. 건질 수 있는 것은 모두 이편으로 가져온다. 가볍게 주먹을 쥔 채 탁자로 간다. 단단히 잡으면 안 된다, 그러면 사라진다. 밤의 형상들은 오늘은 어렴풋하고, 얼굴을 알아볼 수가 없고, 형상 하나는 구부정하게 어스름 속을 이리저리 거닌다. 기억을 이편으로 가져오면, 나는 벌써 안다, 여기서는 그것을 위한 단어가 없음을. 저편의 언어는 절대 이편으로 건너오지 못한다. 나는 이미지들을 가져올 수 있고, 기록함으로써 그것을 위조할 수 있다. 나는 내가 가진 것을 가지고 작업해야 한다. 어렴풋하다, 그리고, 어스름, 이라고 쓴다. 형상들, 그리고, 구부정하게, 동굴들, 이라고 쓴다. 흑연이 연결고리고, 나는 밤이 한참 뒤로 물러날 때까지 연필을 붙들고 있다. 점심 때 나는 내륙으로 들어간다. 탁자 위 종이들을 바닥으로 밀어내고, 바닥에 놓인 수첩, 컴퓨터, 다른 종이들을 탁자 위에 올려놓는다. 통화를 하고, 생필품을 사고, 인사를 하고, 음성메시지에 답하고, 신문을 읽고, 커피를 주문하고, 저녁을 먹으러 간다.

일곱 개의 접시 위에서 이 고장에서 나는 생선들이 해체된다. 바닷물고기를 아무 염려 없이 먹어도 되는 것은 현지뿐이죠. 나는 고개를 뒤로 돌리고, 다시금 내륙을 등지고 서 있다. 밤은 앞에서부터 밀려오고 그 첫 물결이 너무 바싹 다가와서 나는 한 발을 뒤로 뺐다가, 탁자 아래서, 가능하면 멀리 다시 뻗고, 탁자 위 내 손은 검은색 플라스틱 손잡이에 날이 물결 모양인 나이프를 쥐고 있다. 그래, 잘 지내요? 나는 주위를 돌아보고, 고개를 끄덕이고, 나이프 위의 생선 조각을 입으로 가져가고, 혀 위에서 물결 모양 칼날을 느끼고, 목이 마르다. 잔을 물병 방향으로 들어 올리고, 누군가가 물을 따라주고, 나는 고개를 까닥여 감사를 표하고, 미소를 짓는다. 사람들은 뒤죽박죽 말을 하고, 웃고, 소음을 만든다. 밤에는 물이 해안으로 밀려오고, 위에서 아래로, 그리고 깊은 곳에서 위로 움직인다. 쉼 없이 층층이 쌓이는 기둥.

나는 몸을 누이고, 불을 끄고, 베개 위에 머리를 얹는다. 차량 엔진 소리, 사이렌 소리, 행인들, 잘 지내요?, 낮의 목소리들, 하나씩 조용해진다. 고요함이 한밤이 될 때까지 증가한다, 우리가 고요함을 듣는지 못 듣는지와 상관없이. 고요함은 그 밀도와 심도를 측정할 수 있다. 물과 밤을 비교해보는 것도 타당하다. 둘 다 인간이 살 수 있는 환경이 아니다. 인간은 그 속에서 볼 수 없고, 그 속에서 숨을 쉴 수 없다. 숨을 쉴 때마다 삐걱거리는 돛대, 내 어깨의 힘줄. 나는 매트리스에서 미끄러져 내려와 바닥에 배를 대고 누워 머리를 옆으로 돌린 채 귀를 마룻바닥에 더 가까이 댄다. 물이 밀려와 뱃전을, 나무 말뚝들을, 인간이 바닥으로 가라앉혀 단단히 고정해놓은 기둥과 지지대를 때린다. 내 머릿속이 부지직거린다.

낙석을 예고하는 큰 소리, 위에서 나는 듯하다. 암벽, 균열, 뾰족한 봉우리와 돌출된 바위, 까마귀 울음소리, 마찰, 졸졸거리는 소리. 밝음이 증가하고 나는 눈이 부셔서 눈을 감으려 하고, 잠에서 깨고, 낮 속에 있다. 땅굴 사고가 또 발생했다. 몇 주 안에 벌써 다섯 번째다. 버려진 소금광산에서, 옛 갱도에서, 수정세계에서, 이번에는 지하호수가 있는 동굴에서다. 돌들이 아무도 모르게 조금씩 느슨해지고, 떨어져 나온 바윗덩어리가 관광객들을 덮쳤다. 관광객들은 수년 전부터 대규모로 지하 깊숙이 안내되고 있다. 땅 껍질이 움직이고, 산들이 작업한다. 이는 전면적 기온상승과 관계가 있을 것이고, 게다가 사람들의 호흡과 체온이 산속 대기의 성분을 바꿔놓는다. 우리는 불변하는 돌이라는 잘못된 표상을 갖고 있다. 훨씬 더 깊은 층위에서도 우리가 알지 못하는 일들이 일어나고 있다.

눈부신 봄 날씨, 첫 더위가 왔다. 넓은 강을 따라 서풍이 따뜻한 공기를 도시 안으로 밀어 보낸다. 나는 다리 위에서 내 아래 놓인 강물을 내려다보고, 현란한 빛 속에서 모든 것이 너무나 선명하다. 작은 물결들은 매 순간 굳어지고, 눈이 깜빡일 때마다 그림이 된다. 길게 뻗은 섬 위에 싱싱한 풀들이 빛나고, 사람들은 풀밭 위에 담요를 펼쳐놓았고, 풀밭 사이에 난 길들에는 조깅하는 사람, 자전거 타는 사람 들이 보인다. 태양이 낮아지면 하늘은 오염물질층에 따라 염색되는데, 낡은 영사막 위 먼지 낀 금색, 오렌지색, 분홍색 같다. 그리고 내일은 더 따뜻해질 것이다. 더위는 기름 같고, 나는, 한 마리 물새, 괜히 손가락으로 콧구멍, 입가, 눈을 훔친다. 더위가 독성을 띤다는 것을 안드레아는 내 상상이라고 여기고, 날이 따뜻해지는 것을 기뻐한다. 도시에서는 경찰차들이 뭔가를 기다리면서 거리를 달린다. 살인이 벌어지고 폭행치사는 더 잦다. 아이들이 소리를 지른다. 놀이나 다툼 때문은 아니고 분노 때문에 울부짖는다. 아이들이 세상에다 대고 울부짖어, 언니가 말한다.

건물 고층에 있는 언니의 집에서는 거리의 소음은 들리지 않는 대신 더 덥다. 언니의 아이는 힘없이 언니 팔 안에 안겨 있고 열이 난다. 아까 내가 아이를 안았을 때 그 뜨거운 머리가 원피스 천을 통해 느껴졌다. 오빠는 소파에 앉아 몸을 앞으로 숙이고, 팔꿈치를 무릎 위에 놓고, 머리를 떨구고 있다. 그는 뒤로 몸을 기대고, 고개를 뒤로 젖혔다가, 원래의 자세로 돌아간다. 숨을 깊게 들이마시고 천천히 내뱉는다. 얘가 널 감염시켰을 거야. 언니는 턱으로 팔에 안긴 아이를, 이어 오빠를 가리킨다. 나는 오빠에게 가서 한 손을 그의 이마 위에 얹는다. 그가 뒤로 피한다. 손이 너무 뜨거워. 오빠 이마도 그래. 우리 모두 열이 있을 것이다. 언니는 아이를 오른팔에서 왼팔로 옮겨 눕히고, 언니의 팔뚝은 땀으로 얼룩져 있다. 끔찍하게 덥다, 그래도 30도면 견딜 만해야 하지 않을까. 아니, 견딜 수가 없다. 그럼에도 불구하고 우리는 견딘다. 오빠가 숨을 내쉰다. 우리는 아주 많은 것을 참고 견딘다. 너무 피곤해. 너도 잠을 못 자니? 잠을 잘 자는 사람은 아무도 없다. 너도나도, 탈진하는 밤에 대해 이야기한다.

열린 창을 통해 자동차 엔진 소리, 경적 소리, 울부짖음, 응급차의 사이렌 소리가 들린다. 끝이 없다. 집은 이 도시에서 가장 큰 병원이 있는 도로변에 있다. 나는 탁자 앞에 앉는다. 피로가 두 팔을 어깨에서 아래로 끌어내리고 안에서부터 피부를 누른다. 느껴지는 것은 눈초리, 눈꺼풀, 미세근육이다. 눈동자에는 신경이 없고, 자기 시선은 감각의 빈자리다. 나는 눈썹을 들어 올리고, 뺨의 피부가 땅기고, 그럼에도 불구하고 더 선명하게 보지는 못한다. 교통 소음에서 목소리 하나가 튀어나오더니, 죽이겠다, 젠장, 작살내겠다고 위협한다. 나는 거리의 사람들이 주위를 두리번거리는 것을 본다. 누구 목소리인지 알 수가 없고, 그들은 서두른다, 그곳을 벗어나려고. 위쪽 창가에 선 나의 눈꺼풀은 따갑고, 피부는 부어 있다.

낮 내내, 엔진 소리는 더 깊이 몸속으로, 어렴풋한 굉음은 흉곽 안으로, 뒷머리의 길게 우는 소리는 두개골 아래로, 울부짖음은 갈빗대 사이로 뚫고 들어온다. 저녁이 되면 빛은 조금 약해지고 교통량은 줄어든다. 나는 누군가에게 전화를 걸 수도 있으리라. 나는 밖으로 나가, 골목길을 걸어, 술집 테라스들을 지나간다. 얼마나 많은 사람들이 누군가에게 전화를 했는지. 나는 혼자인 사람은 아무도 보지 못하고 집에 돌아올 때까지 아무도 내게 시선을 주지 않는다. 창가, 시선의 빈자리들은 그대로다.

안드레아는 자리에서 일어나 탁자를 빙 돌아 내게로 온다. 넌 그런 말을 해서는 안 돼. 나는 그녀의 겨드랑이 아래로 탁자를 본다. 그녀가 두 팔로 나를 안았으므로. 싱크대 위에는 내가 이른 아침 얼음 조각을 넣은 커피를 마신 잔이 놓여 있다. 낮은 단 한 시간도 부담을 덜어주지 않는다. 점심시간이고, 안드레아의 손이 내 등 위에 놓여 있다. 그 아래 내 셔츠는 젖어 있고, 그녀의 두 손은 젖은 천 위를 오르내린다. 그녀의 입이 내 귀 위에 놓이고, 그녀의 목소리, 그녀의 따뜻한 숨결이 내 두피에 닿는다. 커피잔 옆에는 수첩이 놓여 있다. 오늘이나 내일 약속이 적혀 있는지 나는 모른다. 안드레아는 가야 한다. 괜찮아, 내가 말한다. 좀 나아졌어? 나는 그녀의 머릿짓에서, 그녀가 기대하는 끄덕임을 본다. 나는 그녀를 포옹한다. 우리가 서로를 볼 수 없도록. 네 뜻은 가상하다. 그녀는 마지막으로 내 등을 쓰다듬는다. 그녀가 나가자마자 나는 깨끗한 셔츠로 갈아입을 것이다. 미안하다. 하지만 도대체 왜? 나는 셔츠를 갈아입고 수첩을 들여다보고는, 약속이 다음 주로 미루어졌음을 떠올린다. 나는 커피를 잔에 남은 찌꺼기와 함께 마신다. 일은 잘돼가, 안드레아가 물었다. 얼마 전부터 꿈속의 형상들이 더 이상 안 보인다. 그것들이 나를 피한다. 넌 사람들과 더 많이 어울려야 해.

다시 저녁이 오고 나는 열린 창 앞, 바닥에 앉아 있다. 빛이 줄어드는 동안 더위는 더 심해진다. 밖에서는 간혹 사이렌 소리가 들리고, 조용하고, 일요일이다. 아직은 내 손이 마룻바닥과 희미하게 구별되지만 곧 사라질 것이고, 내가 여기 있는지 없는지는 전혀 중요하지 않을 것이다. 넌 그런 말을 해서는 안 돼. 나는 울리히에게 전화를 건다. 너무 덥다. 나는 창문 앞에 있는 밤을 바라보고, 이어 방 안을 들여다본다. 탁자 위의 물건들은 더 이상 알아볼 수 없다. 나는 커피잔이 오늘 아침부터 거기 놓여 있음을 안다. 넌 도시를 벗어나야 해. 난 일해야 해. 넌 이틀 정도 휴가를 쓸 수 있어, 나도 그렇고, 울리히가 말한다. 내일 9시에 데리러 갈게. 머물 곳도 구해놓고. 방 두 개로 해. 잘 자. 나는 자리에서 일어나 담배를 가지고 다시 창가에 선다. 담배 두 개비를 피우고, 그 후 불을 켠다. 탁자 위에 놓인 청구서들을 훑어보고, 세탁물을 바구니에 넣고, 세탁실로 간다.

정말 아름다운 저녁이야, 안드레아가 전화기에 대고 말한다. 우리는 만날 장소를 정한다. 어떻게 지내? 난 이틀을 울리히와 시골에서 보냈다. 안드레아가 웃는다. 그래 어땠어? 만나서 좋았어, 라고 작별할 때 그가 말했다. 그리고 지금에서야 그 이틀 중 어느 날, 내가 여자들의 집착에 대해 말했던 것이 떠오른다. 여자들은 함께한 시간이 얼마나 좋았는지 서로에게 확언해주는 데 집착한다. 좋았음을 보증하는 것이 그 좋았음을 확실히 망가뜨려, 내가 말했고 울리히는 웃었다. 마주 앉은 안드레아는 내가 이야기하기를 기다린다. 난 양심의 가책을 느낀다. 정말? 나는 머리를 움직인다. 나는 귀를 기울인다. 내가 뭐라고 대답했는지 기억이 안 난다. 나는 연민을 느낀다. 너를 보게 되어 좋았어, 라고 나는 말했어야 했다. 우리는 너무 오랜 시간 이기심이 너무 부족했다고 안드레아의 심리상담사도 말하지 않았던가. 나는, 안드레아가 말한다, 최근에 내게서 뭔가가 풀어진 느낌이야. 다른 사람들이 어떻게 보든 이제 난 더 이상 거기에 그렇게 연연하지 않아. 더 많은 에고. 좋은 에고.

안녕하세요! 오늘 오전에 과일 가게에서 내 앞에 선 한 여자가 갑자기 내 얼굴에다 대고 말했다. 그녀는 미소를 지었고, 나를 아는 사람이었다. 내가 한 걸음 뒤로 물러서자, 그녀의 얼굴에서 반가움이 사라졌다. 나는 뭔가 말을 하기 위해 헛기침을 해야 했지만 내 목구멍을 느낄 수가 없었다. 나는 그녀의 의아함이 점점 더 커지는 것을, 그녀가 계속 장을 보기 위해 몸을 돌리는 것을 보았다. 장을 보는 동안 그녀는 가게 저편에서 나라는 사람에게 여러 번 시선을 던졌다. 나는 이제 내 앞에서 그녀를 본다. 선이 단숨에 획 그어졌고, 그 후 수정된 것도, 지워진 것도 없다. 나도 그녀를 안다. 하지만 전에 어디서 그녀를 만났는지 알아내기는 불가능하다. 내 기억 속의 구멍.

이 세상에 자화상이 필요하다고, 정말 그렇게 생각해? 넌 너를 끄집어낼 수 없어, 안드레아가 말한다. 나는 더 이상 교통 소음을 견딜 수 없고, 사이렌 소리가 들리면 몸이 떨린다. 그 소리는 나를 잠에서 끌어내는 소리이기도 하다. 너무 시끄럽다. 아무도 더 이상 내게 오지 않는다는 것이 놀랍지 않다.

안드레아는 엄마가 아버지를 떠난 이후로는 더 이상 그를 보러 가지 않는다. 그는 혼자 쓸쓸히 살고 있고, 이는 비극적인 자기중심성을 의미한다. 그는 나를 정말로 보는 게 아니야, 안드레아가 말한다. 나는 나를 보호해야 해. 가끔씩 그와 통화를 하고 나면 그녀는 박살이 난 느낌이다. 미리암의 여자친구는 자기 엄마를 증오한다고 미리암이 말한다. 밤이면 미리암은 친구의 목숨을 걱정한다. 그녀가 친구 옆에 누우면, 어떤 때는 몇 분, 어떤 때는 한 시간을 숨죽이고 기다린다. 친구가 이십일, 이십이, 이십삼, 이십사, 이십오, 이십육, 이십칠, 이십팔, 그리고 다시 깊이 숨을 들이마실 때까지. 대개는 10초도 안 걸린다. 함께 보내는 밤은 미리암에게는 잠 못 드는 밤이지만 아주 드물기 때문에 그녀는 이를 견딘다. 미리암은 친구의 수면무호흡증이 주거환경과 관계가 있다고 확신한다. 친구의 엄마는 독일어를 못하고 외출도 하지 않는다. 외부와의 유일한 연결통로는 다른 대륙에 사는 친척들과 매일 하는 화상통화다. 그렇게 살 수는 없어. 친구는 벌써 1년 전에 병원에 가보겠다고 약속했다. 미리암은 친구의 엄마가 심한 우울증을 앓고 있을지도 모른다고 말한다. 그런 이민 이력에서 생기는 심리적 압박이 얼마나 큰지 아무도 상상할 수 없을 것이라고. 그리고 문화적 차이도.

어떻게 지내? 시간이 참 빨리 흐른다. 일상도 벅찬데 그 이상의 것을 어떻게 감당해내라는 것인지. 웃음, 그리고 눈꼬리에는 공황. 난 약속을 잡고, 의뢰를 받고, 저녁마다 모임이 꼬리에 꼬리를 문다. 지금은 무슨 프로젝트를 하고 있어? 나는 울리히와 함께 담배를 피우러 문 앞으로 간다. 예전이라면 넌 그들을 착한 척한다고 욕했을 거야. 그는 미소 짓는다. 이제는, 그가 말한다, 난 그들 모두에게 불안감이 있다고 생각해. 상처 입은 아이들일 뿐이야.

잠은 점점 더 깊어지고 점점 더 비어간다. 때때로 나는 심지어 낮에도 잠을 청한다. 꿈을 되찾으려고. 하지만 이를 용인해서는 안 될 것이다. 꿈은 자신과의 교제에서 형식과 엄격한 절제를 요구하니까. 불행해? 난 꿈꾸지 않고 살 수 있는 사람이 있다고는 상상할 수 없다. 최근에는 안드레아도 자기가 꾼 꿈을 기억하지 못한다. 그녀는 잠이 회복에 상상할 수 없을 만큼 도움이 된다고 말한다. 기억이 없다는 것은 널리 퍼져 있는 잘못된 생각이고, 문제는 연결고리를 찾는 것이다. 나는 야맹증에 걸린 것 같고, 문을 찾을 수가 없다. 안드레아는 말한다, 출구를 못 보는 것은 우울증 때문이야. 어쩌면, 내가 말한다, 꿈을 위한 장소가 더 이상 없을 뿐일 거야. 이 세상이 객관적으로 보면 고통의 골짜기임을 안드레아는 알지만, 그래도 알약 형태의 화학물질이 이런 생각을 몇 주 안에 바꿀 수 있다는 것은 그녀에게는 생각해볼 만한 사안이다. 도움을 받는다는 것이 얼마나 큰 짐을 덜어주는지. 상담사는 말했다, 산을 오를 때 10킬로그램짜리 배낭을 지고 갈 것인지 지지 않고 갈 것인지는 스스로 결정할 수 있다고. 자신의 과거와 대결하는 것을 피해갈 수 있는 사람은 없지만 이 일을 조금 쉽게 할 수는 있다.

도대체 슬픔, 멜랑콜리, 괴로움, 둔감, 세계고란 무엇인가? 우울증은, 안드레아가 말한다, 모두가 생각하는 것과는 달리, 아무것도 느끼지 못한다는 것을 의미해. 나는 탁자 위에 놓인 내 아래팔을 관찰하고, 햇빛 속에서 작고 둥근 점을 본다. 옆집에서 개가 짖는다. 매일, 쉬지 않고. 개를 때리는 것인가? 홀로 내버려둔 것이다. 같이 있어달라는 절망적인 절규다.

남은 것은 하나하나의 문장뿐이고, 뭔가 의미가 있는 문장은 더 적고, 반면에 현실에서는 한 단어가 다른 한 단어에, 한 문장이 그다음 문장에 이어진다. 하루하루는 말하기로 이루어진 강이다. 나는 외국어 수업에서 누구나 한 번쯤 사용했을 법한 단어장이 하나 있다. 외국어 단어는 왼쪽 열에, 그 뜻인 번역어는 오른쪽 열에 적혀 있다. 나의 단어장에는 모든 페이지의 오른쪽 열이 비어 있다. 가늘고 빛바랜 붉은 선 왼편에는 단어들이 제각각 아래로 쭉 늘어서 있고, 가끔씩은 숙어, 반쪽짜리 문장, 온전한 문장 들이 서 있다.

기적을 일으킨다고 평판이 난 의사가 미리암의 오빠를 치료했다. 오빠는 꿈꾸는 사람이야, 미리암이 말한다. 대기자 명단은 길고, 의사는 내게 예외적으로 진료 시간 후에 예약을 해주었다. 꿈을 다시 찾는 데 필요한 것이 바로 기적이다. 나는 고속전철을 타고 도시 반대편으로 갔다. 예전에는 성문 밖에 있던 지역이다. 지평선에는 뇌우가 모여들고 있었다. 나는 그런 기적을 터키석 구슬과 갈색 흰색 점박이 깃털이 달린 드림캐처로 상상해본다. 이런 드림캐처를 나는 청소년 시절엔 갖고 있었다. 당시에 나는 꿈과, 사람들이 말하듯, 정상적인 관계를 유지했다.

전차에서 내리자 비가 오기 시작했고, 나는 돌풍에 맞서 몸을 버텼다. 기적을 일으킨다는 의사의 병원은 고풍스런 중세 후기 건물에 있고, 돌로 된 계단에, 현관마다 주물로 만든 철문이 달렸다. 현관문과 진찰실 문은 열려 있고, 대기실 천장은 십자 늑재궁륭이고, 내 키보다 한참 더 높은 창문은 검고, 접수대의 모니터도 검다. 의사는 옆방으로 들어오라고 하고, 나무 십자가 창살이 쳐진, 역시 검은 창문 밑 가죽소파에 앉으라고 한다. 나는 벽을 등지고, 그는 열린 문을 등지고 앉고, 우리 사이에는 낮은 탁자가 하나 있다. 어디가 불편하세요? 그의 미소는 한순간도 사라지지 않고, 나는 대기실 너머 닫힌 현관문을 바라보고, 그가 주물로 된 철문도 닫았는지 기억이 나지 않는다.

더 이상 일을 할 수가 없습니다. 무슨 일을 하시죠? 보고서를 씁니다. 무슨 보고서죠? 르포. 기자시군요, 그가 말한다. 나는 말한다, 예. 불안정한 직업이죠, 나는 고개를 끄덕인다. 생존이 위협받는군요? 안 그러면 뭘로 먹고살아야 할지 모르겠습니다. 그가 미소 짓는다. 처방전을 써드리지요. 기적을 일으킬 겁니다. 그는 메모지 노트를 들고, 책상 위에 놓인 만년필을 집고, 뭔가를 휘갈기고, 만년필을 다시 내려놓고, 노트에서 종이 한 장을 찢어낸다. 당신은 회의적이십니다. 지성의 표시지요. 하지만 그럴 이유가 없습니다. 두고 보십시오, 당신이 다시 당신 자신일 수 있도록 하는 데 이게 도움이 될 겁니다. 내가 대학을 다닌 캘리포니아에서는 모두가 이걸 복용해요. 내가 책상 위에 올려놓은 지폐 두 장을 그는 그대로 둔다. 진료실 밖으로 나가면서 나는 어색한 동작으로 그를 앞지른다. 이제 내가 현관문에 더 가까이 있다. 그는 내게 쪽지를 내밀고 내 손을 꽉 잡는다. 시작하시겠어요? 내일요, 내가 말한다. 그래야 현명한 소녀지요. 나는 뛰어가서 고속전철을 타야 한다고 말했고, 그는 말했다, 행운을 빕니다. 폭풍은 거리를 따라 나를 정류장으로 내몬다.

집에 와서 나는 큰 재떨이를 탁자 한가운데 놓는다. 그의 필적이 담긴 처방전은 활활 타버렸다. 나는 담배에 불을 붙이고 천천히 담배를 피운다. 난 악마를 만났지만 그에게 꿈에 대해서는 아무 말도 하지 않았어. 네가 미쳤다고 말하지는 않을게, 안드레아가 말한다. 하지만 도움받길 거부하는 것은 병일 수 있어.

밤이 시작될 무렵 나는 밖으로 나간다. 어딘가 그들이 있을 것이다. 마침내, 낮에도 그중 하나를 만나는 일이 생긴다. 늘 도로의 반대편에서, 늘 예기치 않게, 얼핏 보인다. 하지만 다음 순간 뒤돌아보면 더 이상 아무것도 발견하지 못한다. 찾아다니지 않기란 어렵다. 나는 별 뜻 없이 밤거리를 배회하려 한다. 여기서도 한 번 살았다, 이 도시 거의 모든 곳에서 살았던 것처럼. 황폐해지지는 않았지만 초라해 보이는 지역이고, 전후戰後에 지어진 아무 장식도 없는 집들에는 외벽 부조도 없고, 처마의 돌출 장식도 없고, 창문턱도 없다. 나는 합판으로 된 문을 하나 발견한다. 공사장으로 난 임시 출입구 같다. 노면보다 세 계단 위 1층에 술집이 있다. 건물 전면은 미장도 되지 않았고, 창문에는 판자를 붙여 놓았다. 아직 사용되지 않는 빈 임대 건물이다. 두 번째 계단 위에서 나는 멈춘다, 문이 잠겨 있지 않다. 그들은 나를 배제하지 않았다. 그들은 아이처럼 자신들의 놀이에 빠져 있고, 내가 가버리면 알아차릴 수도 있겠지만 서운해하지는 않을 것이다. 그리고 내가 다시 오면, 내가 들어오니까, 나를 받아들일 것이다. 문틈으로 밝음, 움직임이 보인다. 가로등 빛은 약하고, 팔이 들리지 않는다. 아무도 내게 문을 열어주지 않을 것이다. 네가 첫걸음을 떼야 해.

나는 합판으로 된 문이 있는 그 건물에 집을 얻었다. 이전 집에 들어올 세입자를 구하고, 계약을 해지하고, 새 집을 계약하고, 내야 할 돈을 낸다. 그리고 드디어 내 탁자, 의자, 매트리스를 새 집으로 옮긴다. 합판은 강철과 유리로 된 현대식 문으로 교체되었고, 문패 하나는 여기가 정신건강을 위한 종합의원임을 알린다.

내 눈꺼풀이 움찔거리고, 나는 고개를 옆으로 돌리고, 그는 눈초리 끝에서 사라진다. 머리를 그대로 둬, 눈을 크게 뜨려고 하지마. 꿈속의 필적은 깨어 있을 때의 필적보다 작고, 더 촘촘하고, 약간 왼쪽으로 기울어 있어, 눈치채지 못하는 찰나에 이쪽으로 건너온다.

그는 침대 옆 협탁 위 램프를 끄고, 옆으로 돌아눕고, 이불을 고쳐 덮는다. 포근한 잠을 연기하는 배우. 01:00에 약한 수면제를 처음으로 먹고, 02:00에 두 번째 수면제를 먹는다. 불은 켜지 않는다. 물 한 잔이 협탁 위에 놓여 있고, 수면제는 그 옆에 놓여 있다. 그는 어둠 속에서 화장실에 간다. 03:00까지는 아주 확실한 시간 감각을 가지고 있다가, 그 후에는 감각이 시계에서 풀려난다. 그는 이제 30분을 두세 시간으로, 아니면 5분으로도 체험하고, 자신이 감속 중인지 가속 중인지 느낌이 없다. 부엌의 전기레인지는 파란색 숫자로 시간을 말해준다. 02:30에 다시 약한 수면제를 1 1/2알 먹는다. 02:30 이후로는 약한 수면제도 먹지 않는다. 총 다섯 알 이상은 먹지 않는다. 그는 눈을 감고 있고, 자동차의 전조등 불빛이 눈꺼풀 앞 공간을 스쳐 지나간다.

마룻바닥은 창백한 평면이다. 튼튼한지는 몇 걸음 걸어보면 알 수 있으리라. 나는 두 방 사이 문지방에 서 있다. 집마다 방이 두 개 있어야 한다. 아주 작아도 괜찮다. 그래야 한 방에서 다른 방으로 갈 수 있으니까. 새 집은 천장이 높고, 창문도 그렇다. 한쪽으로는 거리가, 다른 한쪽으로는 건물 네 채가 같이 쓰는 중정이 내다보인다. 이 집처럼 밤에 환한 집을 나는 처음 본다. 창백한 평면은 반사일 수도 있다. 공간에 흡수된 빛의 반조. 천장은 보이지 않는다. 나는 발을 마룻널 위에 내려놓는다. 소리가 나지 않는 것은 어떤 표시일 수 있지만, 꿈속에서 현실성을 시험해보려는 생각이 드는 일은 드물다. 깨어 있을 때는 가끔씩 확신을 갖기 위해 뭔가를 집거나 하려는 욕구가 있을 수 있다. 질문은, 그럼 뭘 집느냐 하는 것이다. 나는 창가에 서 있다. 중정에서는 사람들이 말없이 건물의 뒷문으로 들어오고 나간다. 어떤 사람은 떠나야 하고 또 어떤 사람은 자리를 잡고 앉는다. 계단참에서는 이름들이 웅얼거려진다. 나선형 계단의 가장 좁은 구간이라 이름들을 알아들을 수가 없다. 누가 준비해야 할 것인지, 누가 다음 순서로 불려갈 것인지, 누가 살아서 돌아올 것인지.

03:00에 그는 몸을 돌려 등을 대고 눕고 한 손을 아랫배 위에 얹는다. 그는 더 깊이, 후두를 지나, 더 아래로 숨을 쉬려고 애쓴다. 흉곽 상부에서 복벽까지는 그의 숨이 건널 수 없는 거리다. 그는 한 단계 한 단계 시험해보고, 아래쪽 갈빗대에 이르자 거기서는 손 방향으로 해보고, 실제로 복벽이 들리지만 상부에서는 호흡이 없다. 그는 입을 벌리고 공기를 들이마신다. 일어나지 않고, 누워서, 계속 숨쉬기. 적어도 두 시간은 시도하라는 규칙을 늘 지키지는 않는다.

그는 빛 없이도 벽 돌출부, 문틀, 탁자 모서리에 부딪히지 않는다. 물은 낯선 요소다. 어둠 속에서 그릇 건조대에서 잔을 하나 집고 수도꼭지 손잡이를 위로 올리지만, 아래에서 물줄기를 찾지 못한다. 한 손이 잔을 잡고 있고, 다른 손은 개수대 안을 휘젓고, 마침내 뭔가에 닿고, 촉감이 천처럼 매끄럽다. 그는 외부로부터는 아무 소리도 듣지 못한다. 내부 소리만 있다. 그의 숨소리, 팔을 들어 올릴 때 어깨 힘줄에서 나는 소리. 먼저 거리에서 자동차 엔진 소리가 들려오고, 손가락 사이에 귀마개가 느껴지고, 이어서 귓바퀴와 손에서 축축한 냉기가 느껴진다. 잔을 든 다른 손이 이제 물줄기를 찾았다. 장전하기. 실리콘 귀마개를 외이도에, 플라스틱 이갈이 방지장치를 아랫니에 끼우는 것을 그는 이렇게 부른다.

두 손이 움찔거리고, 다리 근육이 긴장한다. 나는 연기를 탐지하고 탁탁 불이 타는 소리를 듣지만 그것이 오는 방향을 확정할 수가 없다. 단 하나의 본능, 공황에 사로잡혀 어느 방향으로든 돌진하기. 송곳니가 내 목에 박히려는 순간, 나는 덫을 본다. 헐떡거림. 목을 만져본다, 피부는 멀쩡하다, 쇄골을 지나 흉곽까지. 나는 문 두드리는 소리를 쫓아 다른 방으로 가고, 방은 비어 있다, 한가운데 서 있는 형상 하나를 빼면. 나무 하나. 뿌리들이 온통 얽혀 있는 공중뿌리식물이다. 가까이 다가가면서 나는 늘어진 뿌리 그물 아래 뼈 구조물을 알아본다. 연골 같은 관절로 연결된 구조물에 수없이 난 가지들은 줄기로부터 점점 더 가느다란 가지로 뻗어나간다. 산호 하나. 한 줄기 바람이 불어오면 또는 물이 움직이면 가볍게 흔들린다. 내가 마룻바닥 아래쪽에 있는지 위쪽에 있는지 나는 모른다. 좀더 강한 움직임, 움찔거림, 몸을 비틀어 올리기. 뭔가가 지느러미나 날개로 산호를 깊숙이 때린다. 나는 그것을 붙잡으려고 벌써 한 팔을 뻗었다. 산호초는 희미한 색이고, 그 석회 골격은 날카롭다.

04:30에 그는 어두운 집 안, 부엌에 앉아 있다. 무릎 위에는 빛을 내는 사각형 화면이 놓여 있다. 그는 몸을 움찔거리고 두 눈을 감았다가 다시 뜬다. 이윽고 또 하나의 밝은 사각형이 선명하게 보인다. 길 건너 건물의 창문이다. 이 창문은 그에게는 벌써 너무나 자주 낮의 시작을 의미했다. 형광등이 켜지고 두어 번 꺼졌다가 다시 켜지더니 이제 계속 빛난다. 차가운 백색 빛이다. 옮겨붙지도 퍼지지도 않고 온기도 주지 않는다. 빠작빠작 타는 소리는 유기적 연소물질에서가 아니라 전압에서 온다. 나지막한 웅웅거림은 한번 시작되면 계속 그대로다. 그는 무릎 위에 놓인, 빛을 내는 사각형 화면을 끄고 한 손을 잠시 그 위에 올려둔다. 모니터 빛은 절대 따뜻하지 않다. 모조 벽난로가 있지만, 오늘까지도 불을 실제처럼 모방하는 일은 성공하지 못한다. 불꽃은 예측할 수가 없다. 건너편 건물에서는 얇은 커튼 뒤로, 옷장 앞에 선 희미한 형상이 보인다. 옷을 입고 있다. 그는 몸을 누인다. 한 시간 또는 두 시간 동안.

이를 가는 것은 사건수면의 일종이고, 이갈이 방지장치가 턱을 이완시킨다고 한다. 그는 이빨이 마모되는 것에 개의치 않는다. 모든 돌, 모든 땅은 침식된다. 힘이 얼마나 작용하느냐에 따라 더 빠르거나 더 느릴 뿐. 그는 너무 피곤해서, 침대에 등을 대고 누워 있는 것으로 충분치 않다고 여긴다. 더 가라앉고 싶다, 땅바닥까지 그리고 더 깊숙이 아래로. 중력은 지구 중심에 자리하고 있고 거기서야 우리는 온전한 쉼에 이를 수 있으리라. 그는 불면의 밑바닥에는 아직 다다르지 못했다.

이른 아침이 오기 전, 나는 열린 창문 앞에 서 있고, 내 아래편에는 밤낮으로 담배를 피우러 중정으로 가는 노인이 서 있다. 꿈을 기억하지 못한다는 건 꿈에 등을 돌렸음을 의미할 뿐이다. 나는 몸을 돌리고, 방 한가운데 있는 탁자로 간다. 가끔씩 새벽에 나는 매트리스 옆 방바닥 위에 놓인 노트에 뭔가가 적혀 있는 것을 발견한다. 어둠 속에서 철자들은 이 방향 저 방향으로 기울어졌고, 단어들은 서로 겹쳐졌다. 산호초, 표백된 석회. 한낮처럼 밝은 밤은 없고, 밤의 밝음은 늘 낮과는 다르다. 창백한 평면인 것은 종이도 마찬가지다. 그 위에서 나는 손에서 연필로 이어지는 동작을 수월하게 따라갈 수 있다. 하지만 종이는 그것을 지탱하지 못하고, 글자들은 같은 순간 사라진다.

내 등 뒤에서, 빽빽하게 얽힌 뿌리를 늘어뜨린 나무가 밀려 올라온다. 스페인이끼, 깊은 남쪽 지방의 식물, 태곳적 습지사이프러스 위에서 자라는 요정 머리카락. 공기를 먹고 살고, 비가 와야 파래진다. 대개는 굵거나 가는 싹들로 이루어진 회색 뿌리가 나무에 매달려 있고, 색으로 보면, 녹조류를 떨구고 얼마 지나지 않아 굶어 죽은 산호초와 비슷하다.

우리는 우리 자신에게 친절해야 해. 자신의 요구를 들어주어야 하지. 우리는 자신을 늘 외부로부터도 인지해. 남의 눈에 비친 인간인 우리는 굴절되지 않은 정체성을 가지지 못해. 정체성 문제는 점점 더 어려워져가는 것으로 보여. 아니면 점점 더 단순해지든가. 예전의 경직된 콘셉트하에서는, 누군가가 말한다, 많은 이들이 괴로워했지. 코낙이 더 따라진다. 끔찍해. 나는 더 이상 귀를 기울이지 않는다. 미리암이 고개를 끄덕이고, 두 눈은 활짝 열려 있다. 어제부터 사진들이, 미시시피 삼각주 사진들이 전 세계를 돌아다닌다. 그녀는 어느 쪽이 더 나쁜지 모른다. 폐사한 수많은 바다 동물들인지, 아니면 말라죽은 녹조에서 나오는 유독가스 때문에 육지의 아이들이 죽는 것인지. 허리케인 시즌이 임박했음은 말할 것도 없다. 우리는 쥐구멍에라도 기어 들어가 숨으려 해. 아니, 누군가가 말한다, 우리는 정치적 책임을 져야 해. 나는 담배를 피우러 간다. 유독 안드레아가 반응하고 동참하려는 몸짓을 하고 내 신호에 고개를 끄덕이지만 그대로 자리에 앉아 있다. 나는 손을 귀 방향으로 들어 올렸다. 누군가에게 전화를 거는 척.

사람이라고는 없는 넓은 인도가 있는 거리, 차도 오른편과 왼편에 늘어선 나무들, 내 위에는 어두운 초록색 지붕. 수중식물로 된 양탄자, 빛 그리고 소음은 한풀 꺾였고, 나는 내 발자국 소리도 거의 들을 수가 없고, 소리 죽인 속삭임도 듣지 못한다. 다음 주면 나는 다른 집으로 이사할 것이다. 밤마다 계단참에서 살려달라고 은밀히 속삭이는 형상들을 견딜 수가 없다. 나는 늘 이름들을 재빨리 알아차리려고, 어떻게 하면 아직 누군가를 구할 수 있을까 시도해보지만, 그 웅얼거림에서 결코 한 마디도 이해하지 못한다. 그러면서 나는 더 이상 누구도 도와줄 수가 없음을 깨닫는다. 나는 도시의 다른 구에서 살게 될 것이고, 계약서에 이미 사인을 했고, 옛 집을 해약했다. 이런 일에는 이골이 났다. 그걸 어떻게 견뎌, 안드레아가 가끔씩 묻는다. 어디서도 견딜 수가 없다. 차가 있는 친구들에게 몇 안 되는 내 가구들을 옮겨달라고 부탁한다. 산호는 남겨두고 가야 하고, 그것은 어딘가 다른 곳에서 나타날 것이다. 녹조는 수면에서 너무나 빽빽이 자라고 그 아래에서는 숨쉬기가 어렵다.

소음, 바스락거림, 아주 낮은 휘파람 소리. 어스름 속에서, 옆 골목 또는 현관에서 형상 하나가 걸어 나온다. 안녕하세요. 우리는 나란히 밤을 뚫고 걸어가고, 정원과 공원이 많은 이 지역의 공기는 시내보다 상쾌하다. 초대에서 돌아오는 길인가요? 일하고 오는 길이에요. 관측소 알아요? 그는 자신의 오른편 어둠 속을 가리켰다. 드물게 찾아오는 깜깜한 밤이다. 짙게 낀 안개와 초승달. 내가 사는 집 현관까지 가는 길에 우리는 사람이라고는 마주치지 않는다. 집 안에서는 눈앞의 손을 볼 수가 없다. 불꽃으로 된 벽 하나. 높고 낮고, 넓고, 두텁고 얇고, 널름거리고, 포개지고, 얽히고, 무너졌다가 다시 일어서고, 그 후 조용해지고, 초처럼 꼿꼿하고, 점점 더 작아진다. 잉걸불은 안으로 빛을 낸다. 자니? 목소리 하나가 뭐라고 말하고 나는 이해하지 못한다. 거기 있어? 당연하지. 잠에서 깨자 낮이다. 내가 앉아 있는 매트리스 가장자리, 내 발이 밟은 바닥의 널마루, 창을 통해 들어온 햇빛이 내 발 위로 떨어지고, 창 앞에는 커튼이 없다.

몇 주 동안 나는 전화를 기다리고 있다. 전에 살던 집의 불타는 벽에 대한 불만신고를. 그러다 나는 이해한다. 불꽃이 담 속으로 옮겨 갔고, 거기 숨어서 남몰래 타거나 아니면 옆집으로 달려가 이웃 건물의 집들로 옮겨 갔음을. 불꽃이 어딘가에서 다시 나타난다 해도 아무도 내게 알리지 않을 것이다. 누구도 불꽃을 소유하지는 못한다.

우리 어렸을 때, 타고 있는 담배를 팔뚝에 비벼 껐던 거 아직 기억하니? 손등에. 안드레아는 왼손을 높이 든다. 몸이 겪는 경험, 나와 세상의 경계인 피부. 바다는 숨소리를 듣기에는 너무 시끄럽고, 대화를 나눌 수 있을 만큼은 잔잔하다. 스페인의 한 소도시에 있는 만灣, 사흘 동안 계속되는 생일파티. 안드레아는 야노슈에 대해 이야기한다. 그게 내 첫사랑이었던 것 같아, 그녀가 말한다. 겨울의 한 장면, 눈雪과 어둡기 전의 푸른 시간. 하지만 내 기억은 따뜻한 빛 속으로 가라앉았다. 기억나, 내가 말한다, 그에 대한 너의 감정. 우리는 젖은 모래 위에 나란히 앉아 있고, 검은 물 위로는 초승달이 떠 있다. 처음으로 느낀 강한 감정은, 안드레아가 말한다, 그 무엇보다도 순수한 것일 거야. 우리는 아무것도 몰랐다. 파도는 벌써 한참이나 더 가까이, 우리가 조금 전까지만 해도 걸어갔던 나무판자 위로 밀려온다. 흔히 하는 말로, 삶 전부가 우리 앞에 놓여 있었다. 대학 건물 옆에는 풀밭 풍경이 펼쳐져 있었는데, 보기 드문 습지였다. 그게 아직도 있을까?

영원이라는 개념에 대해 당시 우리는 미처 깊이 생각해보지 않았다. 썰물과 밀물은 예나 지금이나 달을 쫓고, 바닷물은 불어나서 훨씬 더 강력해질 것이고, 그 안의 생명체는 점점 적어질 것이다. 나는 맥주병에서 마지막 한 모금을 마신다. 우리 눈이 아주 멀리까지 볼 수 있다면, 여기서 아프리카 해안까지도 볼 수 있을 것이다. 나는 저기서 무슨 일이 일어나는지 알아, 안드레아가 말한다. 하지만 가끔씩 나는 그냥 내 작은, 개인적인 삶만 생각해야 해, 스스로 목숨을 끊지 않으려면. 나는 아무 말도 하지 않는다. 네가 걱정스러워, 안드레아가 말한다. 더 이상 아무 말도 하지 않을게. 약속해. 너는 네가 객관적이라고 생각하지만, 네가 보는 현실은 진실이 아냐. 내 생각이지만. 나는, 안드레아가 말한다, 긍정적인 에너지를 믿어, 그리고 세상이 그로 인해 더 나아질 수 있다고. 춥다. 나는 나를 부정적인 너에게서 지켜야 해, 안드레아가 말한다. 추워, 나는 말하고, 자리에서 일어난다. 젖은 모래를 바지에서 털어낸다. 우리는 말없이 돌아간다.

마지막 밤이다. 어느 정원에서, 나는 예전에 잘 알던 사람과 대화를 나눈다. 넌 전혀 안 변했어. 우리는 한옆의 낮은 담장 위에 앉는다. 그는 독일 낭만주의자들에 관한 긴 논문 하나를 막 끝냈다. 우리 한번 떠나보지 않을래, 베네치아까지만이라도 걸어서. 미소. 나는 그의 작업을 자세히 알고 싶고, 그는 앞으로 몸을 숙인다. 그럼 넌? '와일드파이어wildfire'. 뭐? 수풀이나 숲이 불타는 것, 내가 말한다, 식물들이 불타는 것인데, 딱 들어맞는 독일어 단어가 없어. 와일드파이어가 멋진 단어이긴 해. 낭만적이지. 재미있니? 나는 웃는다. 가끔씩 나는 무슨 일이 닥칠지 미치도록 무서워. 그건 무의미해. 우리는 우리 종의 마지막 세대야. 내 딸은 자기가 모르니까 아쉬워할 것도 없을 거야. 아이가 있구나. 그 말을 이제야 하니? 네가 불행하든 즐겁든, 변하는 건 아무것도 없어. 그리고 그게 좀 심한 말인 걸 너도 인정할 거야. 어쩌면 넌 일은 너무 많이 하고 잠은 너무 적게 자는 건지 몰라. 아니, 그 반대야. 난 모르핀 중독자처럼 자.

그사이 생선과 해산물은 구하기 어려워졌어. 멸치조차도. 초대한 사람 중 한 명이 우리 대화에 합류했다. 더 이상 서민들의 음식은 없어. 일주일 전만 해도 만에 수천 마리의 죽은 물고기들이 떠다녔는데, 그사이에 대부분이 건져졌어. 나는 작별한다. 그러지 마, 내가 예전에 잘 알던 그가 말한다, 우리가 이 생에서 언제 다시 만나게 될지 모르잖아. 나는 죽도록 피곤해, 이해해줘. 모르핀? 그는 그 말을 흘려듣지 않았다. 딸한테 동화나 전설을 읽어주니? 유감이지만, 그새 내 딸은 더 이상 들으려고 하지 않아. 나는 내 잔을 내려놓고 말한다. 가야 해, 취했어. 그리고 그들은 웃는다. 나는 인사로 한 손을 든다.

바다는 몇 걸음 떨어지지 않은 곳까지 접근해 있고, 나는 바다로 다가간다. 물은 하늘처럼 검고, 파도 위에는 드문드문 반사된 빛이 보인다. 내 앞에는 녹조 양탄자가 펼쳐져 있다. 해안에서 훨씬 더 먼 곳, 깊은 물속에서 해파리가 헤엄친다. 우리는 그게 어떤 생물인지, 어디서 왔는지 모르고, 산소가 부족해도 그것들이 죽지 않는 것을 설명할 수가 없다. 물속에서 빛으로 된 선들이 나타난다. 독성 해파리라 불리는 그것들이 없어져야 한다는 결정이 내려졌다. 해파리는 자신에게 무슨 일이 닥칠지 알고 있고, 도망치지 않는다. 내 침대 옆에 안드레아가 앉아서 손가락 끝으로 내 팔뚝을 건드리고, 위로는 어깨까지, 아래로는 손목까지 쓰다듬는다. 넌 갑자기 사라져버렸어. 걸어서 갔어, 혼자?

불꽃은 발걸음이 가볍기로 유명하다. 불꽃은 조급함 없이 서두른다. 불꽃은 풀밭을 달려가고, 나무줄기를 기어오르고, 우듬지에서 우듬지로 건너뛰고, 기름띠 위를 달리고, 불꽃은 말 그대로 가스를 마신다. 그는 가볍고 빠른 걸음으로 걸어가고 그러면서 자주 휘파람을 분다. 입으로가 아니다. 그의 입은 둥글게 오므려지지도 뾰족해지지도 않았고, 그의 휘파람은 눈에 보이지 않는다. 그것은 더 깊은 곳에서 온다. 밤에 잠자리에서 일어나고, 화장실에 가고, 부엌에서 물을 한 잔 마시면, 그는 더 이상 빨리 걷지는 않지만, 피곤이 아무리 무겁다 해도 발걸음은 여전히 가볍다. 피곤은 자주 아주 무겁고, 그럼에도 불구하고 그의 발걸음 소리는 이따금 아예 들리지 않는다. 가끔씩 그의 호흡이 그의 발걸음보다 더 많은 소음을 낸다.

나는 맞바람을 받으며 앞으로 나아가고, 두 팔을 엉덩이 위에 얹고, 가파른 오르막길을 오르니, 마침내 기상학연구소 간판이 보인다. 도시 변두리 언덕 위에 있는 고풍스런 건물로, 주변의 고급 빌라들 사이에서 거의 소박해 보인다. 건물 뒤 풀밭은 가볍게 아래로 경사져 있고, 그 위에는 몇몇 관측기구들과 탑 하나가 있다. 계단과 발판으로만 이루어진 이 높은 강철 구조물은 탑보다는 비계飛階에 가깝다. 아주 오래된 기구들은 본관 건물의 지붕 위, 작은 탑 위에 있고, 거기까지는 요새의 가장 높은 전망점을 오르듯 기어 올라가야 한다. 그가 일하는 공간은 전망이 없다. 책상 위 모니터에서 시선을 들면, 늙은 플라타너스 한 그루와 이웃 건물의 창문 없는 측면이 보인다.

나는 매트리스, 탁자, 의자를 가지고 간다. 울리히가 자동차로 세 번 왕복하고, 그게 다였다. 새 집은 방 하나와 간이 부엌뿐이지만 두 공간 사이에는 문지방이 있어서 나는 그걸 넘어 이리저리 돌아다닐 수 있다. 매트리스, 탁자, 의자를 놓을 자리가 있고, 방은 뒤뜰을 향해 있고, 뒤뜰로 가는 문은 하나밖에 없고, 거기에는 아무것도 없다. 양탄자를 터는 막대기도, 쓰레기통도, 자전거 거치대도 없다. 흙 위에는 이끼 띠가 하나 나 있다. 거리에서 들리는 소음도 없고, 사이렌 소리도 없고, 50년도 되지 않은 집이다. 지금은 무슨 일 하고 있어, 울리히가 묻는다. 플로리다, 튀르키예, 남유럽 해안가에 생긴 어마어마한 규모의 유해 녹조, 오스트레일리아뿐 아니라 폴리네시아에서도 급속도로 죽어나가는 산호초, 물고기 대량폐사. 미시시피 삼각주의 산성화. 수백 년 동안 자라 앞으로도 수천 년을 살 습지사이프러스가 질식해 죽어. 데드존이 뭔지 알아? 울리히는 말한다, 견딜 수가 없군. 맞아, 견딜 수 없어. 넌 절대 네 얘기는 하지 않아. 그건 사실이 아니야. 사실이야. 나는, 그가 말한다, 네가 사귀는 사람이 있는지도 모르는 걸.

초저녁에 벌써 나는 몸이 무겁고 잠에 몸을 맡길, 눈을 감을 준비가 되어 있다. 잠이 빨리 오기를. 아침에 통증이 목덜미에서부터 뒷머리로 파고든다. 갱도가 산 속으로 뚫리듯. 또는, 점심 무렵에는 문을 밀어 열다가 가슴 위가 당기는 느낌이 들고, 근육은 지나치게 산성화되었고, 이어 등허리도 신호를 보낸다. 이따금 나는 몸에 남은 흔적을 어떤 기억과 연결시킬 수 있지만, 대부분의 경우 그 흔적들은 수수께끼로 남는다.

피부는 건조하고 두 눈에는 염증이 생긴 채 그는 자신이 맡은 화재 현장에서 돌아온다. 우리는 서로를 살펴본다. 긴 여행을 하고 먼 타지에서 고향으로 돌아온 사람을 면밀히 살펴보듯이. 눈가에서, 피부에서, 자세에서, 표정에서 그가 겪은 경험들을 읽어내려는 것이다. 그를 바꾸어놓았을 수도 있는 경험들을. 나는 걸을 때마다 발이 아프다. 나는 그의 두 뺨 위에서 비늘 같은, 뜨거운 얼룩을 발견한다. 한번은 내 얼굴에서도 아랫입술이 터졌고 한가운데가 조금 벌어졌다. 나는 그가 준 연고를 바른다. 연고는 특히 화상에 효과가 있지만 모든 상처에 잘 듣는다.

무슨 말이야, 그가 잠을 안 잔다니? 안드레아는 나를 바라본다. 잠을 못 잔다고? 수영을 못한다거나 맞춤법을 모른다거나 하는 것처럼 뭔가를 할 수 없다는 것으로 들려. 불면증? 응, 가끔씩은 힘들어하지만, 그가 잠을 자지 않는다는 게 더 맞을 거야. 전혀 안 자? 말도 안 돼, 안드레아가 말한다. 그러면 살 수가 없어. 얼마나 오래 그런 거야? 어쨌든 내가 만난 이후로는 그래. 수면장애는 길어지면 길어질수록 치료하기가 어려워. 뭔가 조치를 해야 해. 그는 수면치료사에게 가는걸. 안드레아는 말한다, 수면장애의 주원인은 스트레스야. 그런 걸 어떻게 알았어? 그녀는 그가 무슨 일을 하는지 묻는다. 나는 아무것도 몰라, 그녀가 말한다, 네가 너무 말을 안 하니까. 사실 난 말하는 것이 점점 힘들어진다. 예전에는 화재감시원이었을 거야. 그게 무슨 뜻이야? 그는 산불 담당이었어. 연구원이야? 자기 일에 미친 사람이야. 대학에 있어. 과학원이 비용 절반을 대는 기상학연구소에서 일해. 전공이 뭐야? 그는 대개 어디서 화재가 발생할지를 미리 알고, 불의 습성을 잘 알아. 숨을 내쉴 때면 그는 나지막이 노래를 불러. 박사야? 그건 정말 몰라.

화재감시원이라는 직업은 더 이상 없고, 요즈음은 기술 그리고 인간 조수가 있을 뿐이지. 단기예보의 경우에는 아직 사람을 안 쓸 수는 없어. 너무 단기라서 거의 '예보'라고도 할 수 없는, 한 시간, 몇 분 전 '예보'. '나우캐스트nowcast'. 그가 외래어처럼 쓰는 영어 전문용어 대부분은 자신에게는 아무 의미도 없다. 그는 기상학과 끊을 수 없이 연결된 오래된 독일어 단어를 절대 사용하지 않았다. 그는 '진단', '계산' 또는 '평가'라고 말한다. 아무것도 예보할 수 없고, 하기도 싫어. 그는 미신을 믿는다고 말한다.

환자들이 스스로를 환자로 느끼지 않도록, '세션'이라는 말을 쓰나요? 그는 그녀를 바라보고, 그녀는 그를 관찰한다. 그는 수면상담이라는 개념을 두고 그녀에게 찬사를 보낸다. 법적으로 아무나 쓸 수 없는 명칭이고 그녀의 이름 위에 적혀 있으므로. 그는 그녀를 상담사라고 부른다. 그녀의 유보적인 미소. 수면일기가 그가 즉시 수용할 수 있는 유일한 제안이다. 그래도 그는 오히려 일지라고 말하고 싶다.

이제 공식적이야, 언니가 말한다, 지금까지 알려지지 않은, 아이들만 앓는 호흡기 질환이래. 의사들은 어떻게 해야 할지를 모르는데 병은 유치원과 학교에서 퍼지고 있어. 아이들이 조금 노인같이 되어가. 천천히 움직여. 소리 내어 울기에는 공기가 모자라. 언니는 아이의 가슴 위에 찜질주머니를 얹어주고, 밤새도록 한 시간마다 갈아준다. 언니는 엄마가 이야기해준 할머니의 민간요법을 기억해냈다.

상담사가 준 샘플서식은 열마다 언제 자러 가는지, 언제 일어나는지, 얼마나 오래 자는지를 기입하게 되어 있다. 그는 컴퓨터 통계프로그램을 써서 자신만의 문서를 따로 만든다. 그는 그것이 자료를 모으고, 지금껏 몰랐던 연관성을 밝히는 일임을 금방 이해했다. 영양섭취도 중요하다. 한두 주 동안 그는 먹는 것, 마시는 것을 기록한다. 쇠고기, 샐러드, 치즈샌드위치, 맥주 네 병, 굴라시, 포도주, 자두리큐어, 코코넛과자. 환경의 영향은 어떻게 되지요? 중요하게 보이는 건 다 쓰세요.

그는 날짜 옆에 기상정보라고 쓰고, 기온, 습도, 바람, 운량雲量 등을 기입한다. 가장 가까이에 있는 기상관측소의 자료를 사용하고, 대개는 기상학연구소의 것들이다. 그래서 또 그때그때 해당 관측소의 위도와 경도도 적는다. 각 행 아래에 하루하루 수면의 질을 평가하는 등급이 있고, 아주 나쁨을 나타내는 0에서 아주 좋음을 나타내는 10 사이 어딘가에 X 표시를 한다. 그는 치료받을 때는 평가를 해서는 안 된다고 들었다. 하지만 그는 묻는다. 잠을 잘 못 자기 때문에 그녀에게 온 것이 아닌가? 잠을 못 자기 때문에. 좋은 날씨 또는 나쁜 날씨는 없다. 누구에게는 이롭고, 누구에게는 해로운 상황들만 있을 뿐이다.

그는 매일 마지막 칸에 수면시간(SD)을 기입한다. 잠을 잤다고 추정되는 시간의 총합이고, 추정치이고, 어떤 때는 후하고 어떤 때는 박하고, 때때로 선잠도 포함되고, 어떤 때는 포함되지 않는다. 상담사가 말한다, 생존에 필요한 것은 네 시간 반입니다. 그녀는 늘 수면위생의 원리로 되돌아온다. 규칙성, 안정적인 리듬, 밤이 어떠했든 늘 같은 시각에 일어나기. 침대 위에서 음식을 먹거나 TV를 보거나 일하지 말 것. 그리고 인공조명도 안 된다. 잠자리에 들기 두 시간 전부터는 모니터를 보지 말 것. 중요한 것은 잠의 분포를 세밀하게 관찰하는 것이고 그는 그것을 밤의 질이라고 부른다. 즉 취침시각(ZBG)과 기상시각(A) 사이에 일어나는 모든 일들, 클릭을 해야만 열리는 텍스트상자들.

가끔씩 내가 전에 선생님께 무슨 이야기를 했는지 더 이상 모르겠습니다. 나는 많은 것을 잊어버립니다. 예, 상담사가 말한다, 당신의 직업이 당신에게 아주 중요하다는 걸 압니다. 수년 동안 이 일을 해오면서 내가 본 많은 환자들 가운데 거의 모두가 한 가지 공통점이 있었습니다. 완벽주의와 철저한 책임의식이지요. 아주 까다로운 직업인 경우가 많습니다. 보통 몇 시간을 일하시나요? 오후 6시, 7시까지 일합니다. 더 오래 일하는 경우도 있나요? 있습니다. 집에서도 일하나요, 밤에, 잠이 오지 않으면요? 잠시 망설인 후에 그가 말한다. 가끔씩요. 상담사는 고개를 끄덕인다. 그녀도 그렇게 생각했다. 정확히 뭘 하시는지 물어봐도 될까요? 산불을 연구합니다. 상담사는 그게 기상학자의 일인지 몰랐다. 서로 관계가 있습니다. 산림과 기후는 서로 영향을 주고받습니다. 기상학이 없으면 산불위험을 평가할 수 없습니다. 하지만 사실은 다른 분야에서 왔습니다. 사실 연구소 소속도 아니라고 그가 말한다. 그의 사무실은 일기예보실 뒤에, 복도 끝에 있다. 그는 어쨌든 야근을 피하도록 노력해야 한단다. 결국 당신이 깨어 있든 잠이 들었든 불은 나니까요, 안 그런가요?

의사는 약한 수면제(Tbl)를 처방해주면서 미소를 짓는다. 수면제나 환자를 심각하게 여기지는 않는 듯한 미소다. 추측건대, 약한 수면제가 효과가 있은 적이 결코 없거나 효력이 없어졌을 것이다. 다섯 번 중 한 번은 약한 수면제를 먹은 후 선잠이 온다. 그것이면 충분하다. 일 대 사라는 확률은 다섯 번째 밤에 잠이나 선잠이 찾아올 것을 의미하지는 않는다. 잠(S)이 없고 선잠(D)도 없는 밤이 열흘일 수도 있다. 의사는 더 센 수면제를 처방해준다.

잠을 못 자는 것보다 더 안 좋은 것은 뇌기계는 계속 돌아가는데 근육이 작동을 멈추는 것을 지켜보아야 하는 것이다. 원하든 원하지 않든 근육이 전부 이완되는 것을 감지하는 것. 엉덩이가 맨 먼저 이완된다. 긴장을 했는지도 몰랐던 양 볼기가 풀리면서 갑자기 그 아래 뼈들까지 아주 사무치게 느껴진다. 장딴지와 허벅지, 모두 늘어졌다. 이어서 이완은 가슴 부근에까지 퍼진다. 횡격막이 느슨해지고, 갈빗대 주변의 근육들이 아래로 축 처지고, 그는 흉곽이 열린 채 누워 있다. 흉곽 속에는 아직 이완되지 않은 심장근육이 매달려 있다. 바람이 비계를 통과하며 노래하고 폐엽이 떨리는 동안 심장근육은 수축되었다가 확장된다.

하지만 내 사고는 멈추지 않았고 내 머리는 잠들지 않았어요. 의사는 더 이상 미소 짓지 않는다. 의사가 말한다, 당신의 뇌는 비상할 정도로 강한 것이 분명합니다. 다른 것을 시도해봅시다. 의사는 처방전을 쓰면서 말한다. 효과가 있다고 보증합니다. 두 알을 드세요. 절대 더 많이 드시면 안 됩니다. 약한 수면제(Tbl)와 효과가 보장된 수면제(T)가 있다.

진동은 땅에서 거기에 박힌 말뚝들로, 다시 그 위에 단단히 매어 놓은 머리, 그러니까 긴장이 모이는 중심으로 옮겨 간다. 머리 위 검은 털이 떨리고, 히죽 웃음이 난다. 그 머리를 나는 두 손으로 붙잡는다. 껍데기 속에서 달그락거리는 것은 호두고, 나는 그 안에 알맹이 반쪽을, 주름진 얼굴을 저울질한다. 그는 한숨 쉬지 않고, 신음하지 않고, 헐떡이지 않는다. 눈꺼풀 아래에서 아무런 눈의 움직임도 알아볼 수가 없다. 그는 소리가 없고 움직임도 없다. 나는 한 손을 그의 입 위에, 코 앞에 놓는다. 그는 두 눈을 뜨고, 같은 순간 입을 열어 공기를 들이마시고, 고투한다. 나를 알아보기 전에 잠시 그는 나를, 조금 전까지만 해도 그의 흉곽 위에 앉아 그의 목덜미를 움켜잡았던 괴물로 여겼을 것이다. 그건 수면제 잠이다.

가끔씩 나는 그가 나를 아플 정도로 꽉 붙잡아주기를 간절히 원해. 나는 거기 앉아서, 안드레아가 말한다, 책을 읽고, 그동안 그는 뭔가에 몰두해서 이리저리 돌아다녀. 아니면 난 일을 하고 있어, 하지만 사실 난 내가 뭘 하고 있는지는 전혀 몰라. 나는 그가 지나가면서 나를 건드리고 뒤에서 내게 다가와 두 손을 내 어깨 위에 놓기 전까지는 그를 알아차리지 못할 정도로 깊이 침잠하기를 열망해. 나는 자문해, 잠을 자야 하지만 닫힌 눈꺼풀 뒤에서는 정신이 말짱한 아이의 고독보다 더 큰 고독이 있을까. 나는 자다가 침대에서 떨어진 척했어. 엄마나 아빠가 와서 나를 일으켜 세우고 침대에 누이고 내가 잠이 들 때까지 내 옆에 앉아 있도록. 대개는 아무도 내가 떨어진 걸 알아차리지 못했고 나는 가만히 침대로 돌아갔어. 나는 그가 나를 아플 정도로 꽉 붙잡아주기를 간절히 원해. 내가 묻는다. 네가 가서 그를 아플 정도로 꽉 붙잡아주는 건 어때?

머리에 검은 마스크를 두른다. 그 아래 호흡은 실개천이고, 마스크가 조일수록 더 가늘어진다. 입과 코와 기도가 일렬을 이룬 가느다란 직선, 검은 선, 한 조각 불타버린 나무. 거기에 대고 아래위로 숨을 쉰다. 사라지지 않기 위해서. 거의 들리지 않을 정도의 낮은 휘파람 소리. 천식이 있으신가요, 상담사가 묻는다. 염증을 촉발하는 유발인자가 있다고 들었습니다. 치료를 받고 있나요? 여기 앉아 있잖아요. 그 분야 전문가에게 말입니다, 그녀는 이렇게 말하고는 그의 가슴을, 이어 다시 그의 얼굴을 바라본다. 스프레이를 갖고 있어요, 그가 말한다. 필요한 경우를 위해서요. 상담사는 깊이 숨을 들이마시고, 그는 그녀가 언제나 그리고 완벽히 자신을 통제하지는 못한다는 사실에 마음이 가벼워진다. 제가 수면전문가니까, 그녀가 말한다, 우연히 알게 되었는데요, 수면 문제가 전적으로 천식과 관계가 있을 수 있습니다. 불편감은 종종 밤에 그리고 이른 아침 시간에 나타나고, 스트레스가 증상을 더 악화시키거나 아니면 유발하지요. 불면으로 죽는다는 건 무엇 때문에 죽는다는 것인가요? 당신이 상상하시듯이, 그냥 단순히 불면으로 죽는 일은 없습니다. 아시잖아요, 그가 말한다. 치명적인 불면증이 있다는 걸. 아시잖아요, 상담사가 대답한다. 그건 아주 드문 질병이란 걸. 당신이 앓는 병은 아닙니다. 당신은 뭔가 다른 병을 앓고 있어요.

머리 아래에는 베개, 몸 아래에는 매트리스, 그 아래에는 나무뼈대, 침대틀, 2층, 지상 5미터, 피로는 바닥이 없다. 그는 수면안대를 찾아냈다. 지금은 기억나지 않는 어느 여행에서 생긴 것이고, 다른 시간대에서 온 것이고, 항공사 로고가 찍혀 있다. 약한 수면제 두 알. 그는 불을 끄고, 한동안 벽에 기대 앉아 있다가, 다시 불을 켠다. 수면제 세 알. 총 다섯 알. 안대는 얼굴 윗부분만 덮고 콧등 위에서 더 밀착된다. 듣는다는 것은 몸 외부로부터 오는 파장들이 귓바퀴를 거쳐 내부에 다다르고, 고막, 귓속뼈를 거쳐 고실에서 청각적 자극으로 변하는 과정을 말한다. 자신의 피가 흐르는 소리는 소리가 아니고, 혈관과 몸 전체가 받고 있는 압력을 느낄 수 있게 해준다. 귀마개는 자신의 맥박을 더 잘 인지하게 해준다. 외부와 차단된다고 더 잘 잠드는 것은 아니지만, 그는 잠에서 깨지 않도록 대비한다.

그는 우선 고개를 돌려본다, 그러면 피할 수 있을 것처럼, 이 방향, 저 방향으로. 하지만 압력은 점점 더 커지고 더 높아지고 더 촘촘해지다가 결국 붕괴된다. 그는 두 손을 귀로 들어 올렸다. 나지막한 쏼쏼거림이 뒤로 물러났다가 가까이 다가오고, 점점 더 가까이 다가오고 점점 더 커진다. 그의 귓구멍 속에는 아주 작은 실리콘 마개가 마치 댐이나 바윗덩어리처럼 들어 있고, 여기에 파장이 밀어닥친다. 강력하게, 규칙적으로. 파장이 와서 부딪히면 피가 펌프질을 하고 고막이 진동한다. 바윗덩어리는 아직은 버틴다. 그는 손가락을 귓바퀴에 갖다 댄다. 굉음이 커지고, 전보다 더 강해지고, 견딜 수가 없다. 재빠른 손동작으로 그는 두 덩어리를 동시에 제거할 것이고, 고막이 터질 것이고, 쏼쏼 소리는 멈출 것이다. 피가 흐르는 동안 그는 가만히 누워 있을 것이다.

두 산등성이 사이의 급류, 회색 암벽과 자갈, 절대 불이 나지 않는 지역이다. 어디선가 들리는 목소리들, 문장 조각들, 어떤 울림, 내 목소리와 모르는 사람들의 목소리, 신음, 비명. 그는 잠을 잤고, 자지 않았다고 확신했다. 밤은 숨이 막힐 듯 답답하고, 뜨거운 이마 위로 번갯불이 지나가고, 그는 눈을 뜨지 않고도 그 일이 동쪽에서 일어남을 안다. 첫 번째 번개는 모근에서부터 눈썹으로 치고, 두 번째는 관자놀이에서, 세 번째는 비근을 거쳐 이마 한가운데로 내리치고, 다음 날 나는 그것이 가져온 피해를 본다.

잠을 못 잤어? 나는 깊게 골이 진 그의 이마, 부어오른 눈두덩이, 붉게 충혈된 눈을 두고 이런 질문을 던지는 것이 겸연쩍다. 악천후는 도시의 동쪽을 강타했고, 농가, 가축으로 꽉 찬 축사들이 불타고, 농부 한 명이 들보에 맞아 숨지고, 나무들이 쓰러졌다. 그의 오른쪽 손목에는 피멍, 아래팔에는 푸른 멍이 들었다. 나는 그의 흉곽을 본다. 그가 숨 쉬는 것은 보기만 하고 듣지 않아야 더 알기 쉽다. 그는 나의 시선을 기다리고, 나는 그의 오른쪽 눈을 바라본다. 뭔가를 최대한 온전하게 보기 위해서는 두 눈이 필요하다. 그래서 서로 두 눈을 바라보기는 불가능하다.

나는 창밖으로 몸을 내밀고 번쩍이는 하늘 아래서 한동안 거리를 내려다보았다. 자동차 한 대가 소리 없이 지나가고, 그 후 다시 깜깜해지고, 집의 두 외벽 사이로 충격파가 내게 밀려오고, 나는 그 바로 직전에 머리를 뒤로 빼고, 방 안으로 돌아왔다. 나는 굉음을 듣고 방바닥에 납작하게 몸을 누였다. 그들은 자신들이 하는 일도 모른다. 폭우 예방. 어떻게 기상학자가, 대기가 통제 가능하다고 믿을 수 있나?

하룻밤의 측정치를 기입할 때면, 때때로 그는 일지를 읽어본다. 긴 소파에 누워, 들어 올린 두 다리에 빛을 내는 사각형 화면을 기대놓은 채. 그는 열, 행 들을 훑어본다. 별 뜻은 없고, 숫자나 글자 뒤에 숨은 의미에도 관심이 없다. 지속적으로 불어나는 자료는 진정 효과가 있고, 종종 D가 따라오기도 하고, 이따금씩 조금 S가 따라온다. S는 제대로 된 잠을 말한다. 몇 번인가 그는 상담사에게 수면일기를 잠자리에서 읽어주는 동화처럼 사용할 것을 제안해볼까 하는 생각이 들었지만 그만두었다. 그랬다가는 그녀가 그의 일지에 주목하게 될 테니까. 당신에게 좋은 잠이란 무엇인가요, 그녀가 물었다. 잠을 자본 사람이면 잠이 뭔지는 누구나 알지요. 하지만 곰곰이 생각해보면, 그건 제대로 된 잠이 아니에요.

이글거리는 눈, 석탄처럼, 붉고 검다. 나는 상담사도 나처럼, 그를 아름답다고 여길까 자문한다. 얘기해보세요, 당신 삶에서 좋은 것이 있다면 뭐죠? 내 삶이요, 그가 말한다. 선생님은 선생님의 삶을 좋은 것과 악한 것으로 구분하나요? 그녀는 그가 좋은 것에 나쁜 것이 아니라 악한 것을 대립시키는 것이 특이하다고 생각한다. 그는 악을 믿는 것이 나쁜 것을 수용하는 것보다 더 견딜 만하다고 생각한다. 그가 고수하려 하는 오류. 내 삶에서 좋은 것. 내 말은, 그녀가 말한다, 어떤 순간에, 어떤 사람들과 있으면 행복하고, 안전하고, 따뜻하다고 느끼는지요? 그는 어깨를 으쓱하고, 고개를 끄덕이고, 곰곰이 생각해본다. 그럼, 그가 말한다, 예를 하나 들어봐 주세요. 내가 선생님에게 선생님의 삶에서 좋은 것이 뭐냐고 물어보면 뭐라고 답하시겠어요? 나는 손자들이라고 말할 거예요. 손자들이 있군요. 그는 깜짝 놀랐고, 그녀가 우쭐하지 않으려고 애쓰는 모습을 지켜본다. 망설이지 않으시네요. 그건 간단하니까요, 그녀가 말한다.

상담사는 함께 명상을 해보자고 제안했다. 그녀가 재차 제안하자 그는 명상에 대해서는 잘 모른다고 말했지만 그게 불교와 힌두교 전통을 조롱하는 건 아닐까 자문한다. 그러자 그녀는 주의력 훈련이라고 말하더니, 명상을 지금은 그냥 연습이라고만 부른다. 그가 가장 적합하다고 생각하는 명칭이다. 상담실은 넓은 공간이지만 좁고 작게 느껴진다. 한 벽면에는 천장까지 닿는, 책으로 넘쳐나는 듯 보이는 책장이 있다. 가끔 밤사이 한두 권 떨어진 책이 바닥에 있기도 한다. 방 정면에는 식물 하나가 창을 수평으로 가로질러 자라기 시작했다. 책상 위에는, 그는 상담사가 거기 앉아 있는 모습을 한 번도 본 적이 없다, 종이들이 쌓여 있고, 바닥에는 몇 장이 널려 있다. 한 줄기 바람이 책상에서 종잇장을 날렸고 또 한 줄기 바람이 가끔씩 나직이 바스락거리며 그것들을 들어 올린다. 바닥에는 양탄자들이 서로 겹치게 깔려 있어 방이 끊임없이 움직이고 있다는 인상을 강화한다. 이 안에 앉아 있는 그 여자는 현미경을 통해서만 보이는 엄청난 변동 한가운데서 겸손한 지질학자 같다. 그가 앉은 검은 소파, 낮은 유리 탁자, 그 너머에 상담사가 앉은 가죽소파. 그는 뒷조사를 했다. 당신은 원래 심리치료사이지요. 미소. 그게 무슨 의미가 있을까요.

그녀는 적당한 자리에 매트 두 개를 펼친다. 익숙한 손동작으로 바닥에 널린 종이 몇 장을 치우고, 하나는 책장 앞에, 다른 하나는 책상 앞에 펼친다. 그는 책장 앞 매트 위에 눕고 상담사는 다른 매트 위에 눕는다. 그녀의 진정시키는 목소리가 담긴 음성파일은 시중에 판매되고 있다. 그는 천장의 스투코 장식을 관찰하면서 자문한다, 상담사는 자면서도 자유자재로 구사할 이 문장들을 말하는 동안 무슨 생각을 할까. 이 생각을 하면서 그는 나지막이 웃는다. 그는 그녀가 말하는 중간에 아주 짧은 휴지기를 알아챘지만 그녀는 질문하지 않는다. 당신의 흉곽이 공기로 채워지는 것을 느껴보세요. 공기를 배 안으로 흘러 들어가게 하고, 뱃가죽이 오르내리게 하고, 숨을 들이쉬고 내쉬어야 합니다.

그가 매트 위에 누워, 책장이 책 한 권을 그의 몸 위에 내던지기를 기다리고, 상담사가 그녀의 문장들을 말하고, 그에게 느껴볼 시간을 주기 위해 휴지기를 가지노라면, 때로는 정말로 졸린다. 호흡을 조절하려고 하지 마세요. 호흡은 저절로 일어납니다. 내려놓으세요. 그는 호흡이 어떻게 흘러가는지 자신이 모른다는 사실을 상담사에게 말하지 않는다. 그는 목구멍, 흉골 아래, 기관지, 폐 등 몸의 여러 부분에서 소음과 답답함을 인지하는 것에, 높은 다성多聲의 휘파람 소리와 웅웅거리는 소리에 귀를 기울이는 것에 너무나 익숙해져버린 나머지 호흡을 복부의 오르내림으로 연결시킬 수가 없다.

안드레아는 불안이 다시 올까 봐 두렵다. 그녀는 자신이 불안을 완전히 극복했다고 생각했다. 하지만 얼마 전부터 난 다시 불안을 느껴. 가끔씩이고 길지는 않지만 갑자기 모든 것 위로 음산함이 드리우고, 입속에서 떫고 매운 맛이 나. 그게 뭐야, 네가 지금 보는 거? 전쟁. 이것에는 아무런 반박도 할 수가 없다. 너무나 강력한, 이 공황 같은 불안, 안드레아는 말한다, 이건 정상적인 반응이 아니야. 이건 나와 관련된, 억압된 감정들이야. 그녀가 말한다, 그 원인은 까마득한 어린 시절에 있어.

발작이 가장 심할 때는 복부 근육까지 경련하기 시작한다. 그가 무서워하는 것은 이 경련이고, 낮은 휘파람 소리는 거슬리지 않는데, 그건 아주 멀리서 오는 것처럼 들린다, 마치 그의 폐엽들이 아주 멀리에 있기라도 하듯. 상상해보세요, 상담사가 말한다, 뱃속에 빛이 있다고. 한 손을 배 위에, 배꼽 바로 아래 올려놓으셔도 됩니다. 뱃속의 빛에서 나오는 온기를 느껴보세요. 그는 빛을 상상하기 위해 손을 올려놓을 필요가 없다. 빛은 불이다. 가스를 태우고, 관을 통해 지상의 산소를 공급받는 지하의 불. 그는 그래도 한 손을 배 위에 얹는다. 온기가 근육과 지방조직을 통해 그의 손바닥까지 밀려온다.

가끔씩 상담사는 그가 집에서도 연습을 하는지 물어본다. 뱃속의 불 연습이요, 그가 말한다. 빛 연습이죠, 그녀가 말한다. 뱃속의 빛 연습. 숙면에 도움이 되는지요? 그는 숙면이라는 게 무슨 뜻인지 모르겠다고 말한다. 상담사는 고개를 끄덕인다. 상담사라는 직업도 성공 경험이 필요한가요? 난 사람들을 돕기 위해 내 일을 합니다. 사람들은 뭔가를 바꾸기를 원하기 때문에 내게 오고 나는 그들을 돕지요. 언제가 한번 말씀하셨지요, 그가 말한다, 연습을 변형시켜도 된다고. 당신이 가장 잘 알지요, 상담사가 말한다. 당신이 무엇을 필요로 하는지는.

밤에는 기상경보가 적게 발령된다는 걸 아셨나요? 왜 그런지 객관적인 이유는 없어요, 기상대는 24시간 운용되니까요. 날씨 탓은 아니고, 조심성의 문제지요. 아이의 잠을 지키려는 부모의 경계심보다 큰 경계심은 없습니다. 잠을 자는 사람은 싸우지 못합니다. 파수꾼에게 자신을 맡기지요.

최악은, 상담사가 말한다, 모니터 빛입니다. 최악은 기억의 빈틈이다. 불면은 두개골 밑에, 이마 뒤에 좀나방을 낳는다. 좀나방은 가장 아늑한 구석에, 가장 깊은 층에 알을 낳고 애벌레는 뇌수를 먹고 산다. 애벌레는 이것저것 가리지 않고 닥치는 대로 먹어치우고, 그래서 어느 날 시야에 암점이 생기고, 계단을 보지 못하고 넘어지거나 알아봐야 하는 사람을 모르는 사람처럼 대하게 된다. 맹점의 성질은 다양하다. 세포는 재생되고 다른 영역들을 넘겨받고, 뇌는 적응하고, 학습한다. 하지만 기억은 대체될 수 없다. 새로운 인상들이 기억에 다다르고, 과거는 돌이킬 수 없이 상실된다. 한참 동안 그걸 알아차리지 못하다가 어느 날 우연히 그런 조각 하나가 다시 모습을 드러낸다.

너 아직도 기억나니, 누군가가 알고자 하고 우리는 우리가 더 이상 모른다는 걸 확인한다. 기억을 구성하는 천을 쳐다보고 좀나방이 쏠아놓은 구멍들을 통해 빈, 맨손을 바라본다. 그는 자문한다. 나방이 빛을 싫어한다는 걸 상담사는 모를까. 잘못된 생각이야, 내가 말한다. 나방은 인공 빛에 이끌리고 그 후 알을 낳으려고 어두운 구석을 찾아. 내 뇌는 애벌레 알로 가득 찼어. 수면부족과 알츠하이머의 연관성은 통계적으로 입증되었어. 밤에 물 한 잔을 가져오기 위해서라도 불을 켜서는 안 된다고 상담사는 주장해. 빛은 멜라토닌 분비를 중단시켜요, 그녀는 말하지. 자러 간 후에는 단 일 초라도 그래요. 잠자리에 들기라는 말 있잖아요, 그가 말한다. 예전에 노인들은 자리에 눕는다, 라고만 말했어요. 인공조명은 안 된다며 상담사는 재차 수면위생 규칙으로 돌아와. 역겨워, 내가 말한다. 그는 우리 사이 매트리스 위에 놓인 담뱃갑에서 담배 한 개비를 꺼낸다. 우리는 음악을 듣고, 그는 담배를 손가락 사이에서 돌리고, 내려놓고, 다시 집고, 마침내 불을 붙이고 내게 건네준다.

인간들은 더 이상 불을 지키지 않는다. 그럴 여유가 없다. 불을 인지하지 못하는 경우도 많고, 연소에 대해서 모르는 경우도 많다, 손가락을 까딱할 때마다 뭔가를 태우면서도. 절대적 지배는 항상 파괴적 결말을 맺는다. 이름이 뭐야, 누군가가 묻고, 다른 사람이 대답한다, 제 이름은. 대부분의 이름들은 쓸모없고 임의적이거나 기만적이다. 그는 과수 농가의 자손이고 장남인 동시에 막내이며 가족의 희망이다. 그들의 자부심과 그들의 자본은 나무들 — 사과나무, 체리나무, 신양벚나무였다. 나무들은 그가 태어난 그곳에서는 더 이상 살 수 없었고, 그가 떠나버린 이후로는 부모님도 더 이상 살 수 없었다.

상담사는 가족의 수면장애에 대해 묻는다. 그녀는 성장배경을 알고 싶어 한다. 학습된 수면습관이라는 게 있습니다. 부모님이 어떤 의례를 했는지, 같이 잠자리에 들었는지요? 그 모든 것이 좀나방의 먹이가 되어버렸다. 임분林分의 파괴는 오랜 시간에 걸쳐 일어날 수 있다. 사람들은 매해 올해가 나쁜 해라고 여기지만 언젠가는, 좋은 해가 더 이상 없다는 것을 깨닫게 된다. 그래도 여전히 건강한 나무들이 있다. 물론 한번은 체리나무 잎에 파리들이 둥지를 틀고 또 한번은 딱정벌레가 보리수나무 아래를 파먹고 사과나무가 말라죽기도 했다, 손쓸 새도 없이.

그다음 해에, 그런 게 있는 줄도 몰랐던 부패병이 과육에서 과심으로, 줄기로, 고갱이로 살금살금 퍼진다. 점점 더 많은 나무들이 베여야 하고, 사람들은 매년 또다시 검은 부분, 흰 얼룩을 발견하고 메마른 가지들을 자르고, 새로 나기를 바란다. 남아 있는 나무들 사이의 간격이 점점 더 커지고 온실의 묘목들도 가망이 없다. 최악의 환경에서 생명을 유지하려는 고통, 그리고 가망이 없을 때 오는 절망.

형제자매가 있나요? 없습니다. 언제 고향을 떠났나요? 다 끝난 후에요. 부모님이 돌아가신 후에요? 더 이상 아무것도 남아 있지 않았어요. 사실 잠이 문제가 되었던 적은 한 번도 없습니다. 수면 장애는, 상담사가 말한다, 풀어야 하는 어떤 문제를 우리에게 보여줍니다. 풀어야 할 문제는 수학에만 있어요.

왜 우리에게 그를 보여주지 않아, 안드레아가 묻는다, 우리가 해코지라도 할까봐? 미리암은 웃는다. 마침내 미리암은 여자친구를 집에 데리고 왔다. 한 시간 동안만이었고 그 후 친구는 야근을 하러 가야 했다. 그녀는 아주 정상으로 보였어, 호감 가더라, 안드레아가 말한다. 그리고 나는 그녀도 나처럼 친구가 어떻게 숨을 쉬는지 보기 위해 친구의 입, 목, 가슴을 쳐다보지 않으려고 애쓰는 것을 보았다. 친구가 가고 난 후 미리암은 친구의 엄마가 자신이 위암 초기라고 확신한다고 이야기해주었다. 그 엄마는 이제 더욱더 많이 친구에게 매달려. 안드레아가 고개를 끄덕였다. 그녀는 나에게 내가 그를 숨기는 것인지 또는 그가 자신을 숨기는 것인지 묻는다. 나는 그를 나 혼자만 갖고 싶어. 안드레아가 말한다, 그가 네게 좋은 영향을 주는지 모르겠어. 미리암은 미소를 지었다.

어렸을 때 나는 볼거리가 목에 걸린 큰 덩어리라고, 그것이 말을 못 하게 한다고 들었다. 당시에 벌써 나는 거울 속 나의 모습에서 아무런 기형 돌출부도 볼 수 없다는 데 놀랐다. 오늘 이 돌출부는 더 기괴할 것이 분명하다, 그동안 내가 너무나 많은 단어들을 거기에 모아두었으므로. 목에서 느껴지는 감각은 침묵하는 동안은 낯설지만, 말을 하려고 시도하면 비로소 목 조르기가 된다. 어떻게 지내? 최대한 말을 적게 하고 최대한 많이 자라고, 내 엄마는 볼거리를 하는 아이에게 말했다.

가끔씩 나는 그를 대신해서 식기세척기를 돌린다. 그의 집에는 가구가 많고, 부엌에도 모든 게 다 갖추어져 있다. 나는 오늘은 정말 제대로 요리를 하겠다고 말하고, 그릇을 최대한 많이 사용한다. 그는 나를 부엌에 혼자 남겨두고, 소박한 요리에 비해 들인 수고가 너무 크다고 생각해도 내색하지 않는다. 늦은 저녁 그는 소파 위에 누워 있다. 언젠가 좀나방 애벌레 하나가 잠에 대한 기억 속에서 태어날 것이고, 그 기억을 먹고 살 거야. 그래서 내가 잠을 잔다는 것이 어떠했는지를 더 이상 모르게 되면, 그러면 애도도 끝일 거야, 그가 말한다. 나는 부엌으로 가서 냄비와 프라이팬, 접시와 유리잔, 포크와 나이프를 식기세척기에 넣는다. 전기를 많이 먹고 소음이 많이 나는 낡은 기계다. 나는 기계를 작동시키고, 탁자를 닦고, 집 안을 돌아다니고, 욕실에서도 뭔가를 한다. 그동안 그는 소파에 누워 있고, 집 밖의 소리는 더 이상 들리지 않는다. 공간은 좔좔거리는 소리, 구르는 소리, 덜컥하는 소리로 가득 찬다. 나는 한 손으로 그의 몸을 쓱 쓰다듬고, 그는 두 눈을 감은 채 내게로 얼굴을 돌린다. 나는 다시 한번 기계와 물의 리드미컬한 소음을 뚫고 옆방으로 간다. 그리고 내가 돌아오자 그는 잠들어 있다. 나는 맞은편 소파에 앉는다. 좔좔거림이 우리를 감싼다.

좋은 밤을 보냈다면 잠을 적게 잤다고 불평하지는 않을 것입니다. 상담사는 미소 짓는다. 수면부족 그 자체는 별 문제가 아닙니다. 중요한 것은 수면부족의 질입니다, 그가 말한다. 그러니까, 수면의 질 등급에서 수면부족의 질을 평가하는 등급을 도출해낼 수 있을 거예요. 상담사는 이제 다시 진지해진다. 잠들 수 없게 만드는 생각들, 당신이 피하고자 하는 그것이 문제입니다. 불면은 또 통제와 관련이 있습니다. 선생님은 마치 제가 잠자기를 원치 않는 것처럼 말씀하시는군요. 상담사는 기다리는 자세로 그를 바라본다. 하지만 전 여기 앉아 있잖아요. 몇 주, 몇 달, 몇 년이 되도록 선생님께 오지만 나아진 건 아무것도 없어요. 일지를 보여드릴 수 있어요. 지난주에, 그가 말한다, 한 번 여섯 시간을 잤습니다. 그래도 선생님은 여전히 네 시간 반이라는 그 이상한 공식에 매달리고 있어요. 그걸 반증하는 살아 있는 증거가 저입니다. 가끔은 더, 가끔은 덜 살아 있지만요.

꼴이 그게 뭐야? 안드레아는 내 얼굴을 죽 아래로 훑어본다. 눈부터 입을 지나 목까지. 지난 며칠 밤이 힘들었어. 이제 너도 잠을 못 자는 거야? 꿈을 많이 꿔, 예전보다 두 배나 많이. 그를 얼마나 자주 봐? 대부분의 시간을 같이 보내. 그녀는 말한다, 네가 너 자신을 잃어가고 있다는 느낌이 들어. 나는 무슨 뜻이냐고 묻는다. 넌 너무 멀리 왔어. 어디로부터? 무엇보다도 너 자신으로부터. 내 생각에 넌 너무 자주 그와 너를 동일시해. 그게 나쁜 거야? 네가 그런 말을 하다니 믿을 수가 없군. 우리는 우리 자신이어야 해. 절대 자기 자신을 포기해서는 안 돼. 내 생각에, 안드레아가 말한다. 너도 나처럼 이 모든 걸 다 알고 있어. 사실 난 그게 무슨 뜻인지 모르겠어. 많은 단어들을, 나는 말한다, 이해할 수가 없어. 자주 들을수록 더 이해가 안 돼. 내 생각에, 그녀가 말한다, 넌 다른 사람과 더 많이 거리를 두어야 해.

어떻게 지내, 울리히와 헤어졌어, 통화, 음성메시지, SMS, 이메일, 무책임, 무의미, 지루함, 익숙해짐, 치료사, 연애, 프로젝트, 음성메시지, SMS, 이메일, 개인, 목표들, 음성메시지, 음성메시지, 어떻게 지내, 자신, 어두운, 어스름, 형상들, 구부정하게, 동굴, 흑연, 연결고리, 컴퓨터, 음성메시지, SMS, 이메일, 어떻게 지내, 좋아, 자신, 양심, 어떻게 지내, 독성 있는, 긍정적인 것, 얻어내다, 죽이기, 젠장, 작살내다, 넌 그런 말을 해서는 안 돼, 잘 지내기, 뜻이 가상하다, 몸에 좋다, 미안하다, 느끼다, 어떻게 지내, 음성메시지, SMS, 이메일, 자신, 느끼다, 이기적인, 가지다, 감정, 치료사, 인지, 에고, 자화상, 보다, 보호하다, 연결고리, 연애, 우울한, 이민 이력, 문화적 차이, 넌 그런 말을 해서는 안 돼, 어떻게 지내, 불안, 상처 입은, 연결고리, 프로젝트, 음성메시지, SMS, 이메일, 우울, 자신, 객관적으로, 이해하다, 인지, 심리적, 도움받기, 의식적으로, 치료사, 과거, 슬픔, 멜랑콜리, 괴로움, 둔감, 세계고, 우울, 어떻게 지내, 음성메시지, SMS, 이메일, 자신, 프로젝트, 의미하다, 느끼다, 이해하다, 혼자, 모임, 말하기, 단어들, 그 뜻, 우울, 기적, 조건들, 불안, 살다, 당신 자신, 나 자신, 우리 자신, 사랑, 미친, 저항, 병적인, 정신적인, 건강한, 심리적인, 의식적으로, 자의식을 가지고, 벌거벗은 삶, 돕다, 심리적으로, 의식적으로, 의식하다, 의식하게 하다, 느끼다, 느끼다, 내 느낌으로는, 어떻게 지내, 내 생각엔, 음성메시지, SMS, 이메일, 자신, 연애, 프로젝트, 자기 자신, 자기 자신, 자기 자신, 양보하다, 남의 눈에 비친, 자신의 힘으로, 자신의 뜻대로, 자신에게로, 느끼다, 정체성, 콘셉트, 감정, 어떻게 지내, 자기인지, 타인의 인지, 느끼다, 역동성, 입장, 감정, 어떻게 지내, 삶, 의식적으로, 개인적으로, 죽이다, 심리적으로, 불안, 현실, 진실, 객관적으로, 긍정적으로, 에너지, 부정성, 감정, 음성메시지, SMS, 이메일, 넌 그런 말을 해서는 안 돼, 지원, 의식적으로, 자신, 자기 자신, 우리 자신, 말하다, 영원, 의미 없이, 느끼다, 생각하다, 우울, 지원, 의미, 장애, 불행하게, 감정, 기쁜 마음으로, 죽은, 죽도록 피곤한, 혼자, 견뎌내다, 견뎌내지 못하다, 어떻게 지내, 프로젝트, 연애, 살아남다, 스트레스, 이야기하기, 세션, 자료, 주의를 기울이다, 느끼다, 감정, 정말, 자신, 감정, 어떻게 지내, 현실, 고독, 스트레스, 괴로움, 촉발하다, 눈을 들여다보다, 행복한, 아늑한, 따스한, 자존감, 내려놓기, 의식적으로, 흘러가다, 음성메시지, SMS, 이메일, 불안, 불안, 불안, 느끼다, 불안, 음성메시지, 자신, 억누른 감정들, 직관적으로, 문제, 어떻게 지내, 질質, 치료사, 성공, 지원하다, 필요, 고유의, 자신, 고유의, 안녕, 어떻게 지내, 자기 자신, 자기 자신, 자기 자신, 에너지, 연애, 정보, 장애, 문제, 해결, 말하기, 단어들, 어떻게 지내, 우울, 프로젝트, 자기 자신, 자기 자신, 느끼다, 감정, 어떻게 지내, 너 자신은, 너 자신을, 이해하니, 내 생각엔, 동일시하다, 말하다, 미소 짓다, 말하다, 느끼다, 작동하다, 우리 자신, 자기 자신, 믿다, 느끼다, 말하다, 미소 짓다, 느끼다, 뜻하다, 이해하니, 포기하다, 뜻하다, 이해하다, 거리를 두다

각 열마다 시, 분, 각초, 섭씨, 미터, 킬로미터/시, 밀리미터, 퍼센트, 헥토파스칼, 북, 북동, 동, 남동, 남, 남서, 서, 북서 등 단위가 있다. 하지만 텍스트상자에서는 그는 체계화될 수 없는 정보를 다룬다. 텍스트상자들의 내용은 통계적으로 평가할 수 없다. 평가되는 것은 오로지, 결괏값 SD와, 그때그때 변수의 빈도분포 간의 상관관계뿐이다. 그래서 그는 NQ(밤의 질)에 영향을 주는 요인을 파악하기 위해 한정된 수의 가능성들을 확정했다. NQ열은 이에 상응하는 약어의 긴 목록을 담고 있다.

NS는 비상수면, TS는 수면제수면을 말한다. 이때 수면제는 효과가 보장된 수면제(T)를 가리킨다. 약한 수면제(Tbl)는 영양(E)열에 기록하고, 이 열에는 그 밖에는 아무것도 더 기록하지 않는다. 식음료는 그룹으로 체계화했을 때만 평가할 수 있으리라. 하지만 그는 그사이 이것이 가지는 영향력이 미미하다고 가정한다. 그가 평가 측면에서 단순화한 또 다른 변수는 Tbl 복용이다. 기록을 시작할 무렵에는 언제 얼마만큼을 복용했는지를 아주 정확하게 기록했지만 그사이 E열에 총량만 기록한다. 예를 들어 2는 한 번에 두 알의 수면제를 복용했다는 뜻이고, 예를 들어 총 3 1/2 Tbl은 밤새 전체적으로 세 알 반을 여러 번, 적어도 두 번에 걸쳐 복용했다는 뜻이다. NQ칸에 가장 많이 등장하는 것은 선잠을 뜻하는 대문자 D다. D는 제대로 된 잠은 아니고, 가만히 어디론가 흘러가는 생각들을 하면서 누워 있는 것이다. 이 생각들은 또 잠시 동안 완전히 떠내려가 사라지고 그를 진짜 잠 가까이로 데려가줄 수 있다. D는 최소한의 회복을 베푼다.

비상수면은 가끔씩 이른 새벽에 Tbl이나 T 없이 커다란 Vzwfl (절망)이 닥쳤을 때 일어난다. 유기체가 낮이라는 요소 속에서 더 이상 생존할 수 없기 때문에 존속이 불가능하다는 것이 확실해지는 때다. 거리로 나가 일상의 업무 안으로 들어서자마자 눈과 피부는 태양 빛을 견딜 수 없을 것이고, 청각과 폐의 기능이 마비될 것이다. 가스가 찬 몸속 빈 공간들이 너무 빠른, 너무 큰 압력 변화에 적응할 수 없는 것과 마찬가지다. 이런 밤에 가장 중요한 불면의 규칙 중 하나, 즉 다가올 낮을 생각하지 말라는 규칙은 지켜지지 않는다.

사지의 통증이 너무 심하고, 눈두덩이 너무 붓고, 눈이 너무 따갑고, 숨 쉬기가 너무 힘든 나머지 규율이 통하지 않는 밤들이 있다. 그는 다음 날 침대에서 일어나 욕실로 가고 이를 닦고 머리를 감고 아침을 먹는 장면을 상상하기 시작한다. 일하러 가는 것도 상상한다. 한 걸음 한 걸음을 상상해야 한다. 걸음 하나하나가 이루 말할 수 없이 힘드니까. 다리를 움직이고, 두 발을 내디뎌 굴리고, 두 눈을 똑바로 뜨고, 다가오는 사람이 있는지, 신호등이 초록색인지, 자동차가 멈춰 서 있는지 주위를 살핀다. 두 팔을 얼굴 앞으로 들어 올려서는 안 된다. 아직 일터에 당도하지도 못했다. 그는 두 손을 가슴 위에 포갠 채 등을 대고 누워 있다. 관 속에 누운 자세다. 더 이상은 못 하겠다. 비상수면의 은총, 짧고 불안정한 졸도. 이것이 언제 올지는 예측할 수 없다. 여태 이보다 더 큰 비상사태가 있었던 적이 없다는 확신이 든다는 것이 비상수면 발현을 의미하지는 않는다.

그를 매료시키는 것은 늘 이렇게 삶이 계속된다는 것이다. 아침마다 그는 몸을 일으키고 침대 모서리까지 몸을 움직여 가는 데 15분이 걸린다. 거기서 그는, 발아래는 바닥, 두 손 아래는 매트리스를 두고, 두 어깨 사이로 고개를 숙인 채 앉아 있고, 가끔씩은 일어서기까지 또 15분이 더 걸린다. 한 시간 또는 그 이상 동안 그는 생각을 할 수가 없고, 피로는 목 근육에서 아킬레스건까지 근섬유 하나하나에 퍼져나간다. 단 하나 드는 생각은, 불면으로 인해 멍청해진다, 이다. 손을 들어 올리기도 이루 말할 수 없이 힘들고, 차 한 잔 준비하는 것도 노고의 연속이다. 숨을 들이마시기, 다시 들이마시기, 길게 내뱉기. 더 많이 내뱉기. 다시 들이마시기. 그를 매료시키는 것은 기상 후 두 시간이 지난 뒤 그가 다시 일하러 가고, 그를 알아보는 사람들과 이야기하고, 그러면서, 그가 잠을 자지 못했고 어떻게 일어났는지를 잊는다는 사실이다.

모든 것은 에너지 법칙에 소급될 수 있다. 에너지는 없어지지 않는다. 우리가 보통 이해하는 것과 같은 죽음도 없다. 불면증인 사람은 삶의 에너지 전체를 느낀다. 그가 깔고 앉은 광산이 그가 가진 모든 것이다. 매일 아침 아직 고갈되지 않은 광맥을 또 발견하고 그것으로 하루를 먹고산다. 고갈은 야금학에서 맥석脈石만 남았다는 것을 의미한다. 맥석이란 사용처를 찾을 수 없다는 말이다. 죽은 돌도 산호초처럼 한 번은 살아 있었다. 늘 다시 떠오르는 질문은, 불면으로 죽는다면 무엇 때문에 죽는 것인가, 이다. 그리고 늘 다시 등장하는 교리, 네 시간 반.

그리고 네 시간 반 동안, 깨어 있는 꿈을 꾼다면 이것도 생존에 충분한가요? 잠을 자는 동안 내가 잠들 수 없다는 데 대해 숙고한다면, 이건, 선생님 말씀에 따르면, 사실상 가장 파괴적인 것이지요. 이 네 시간 반이 그래도 잠으로 쳐지는가요, 아닌가요? 이 네 시간 반은 죽기 전의 생존 시간인가요? 수면, 불면, 반반? 나는 파괴적이라는 말을 한 적이 없어요. 맹세컨대, 선생님은 파괴적이라고 말씀하셨어요. 상담사는 머리를 흔든다. 하지만 우리는 불면이 파괴적이라는 데는 합의했잖아요? 선생님이 사실 그걸 가장 잘 아시잖아요. 선생님은 매일 여기서 수많은 불면증 환자를 보니까요. 상담사는 뭔가를 말하려고 했고, 그는 그녀의 말을 끊는다. 파괴적이라는 말 대신에 선생님은 그럼 어떤 단어를 사용하시겠어요? 그렇게 공격적으로 말하지 마세요. 상담사는 손으로 턱을 괴었고 입이 가려졌다. 잠을 자는 동시에 불면을 경험하는 것은 지옥입니다. 그녀는 입에서 손을 뗐다. 우리는 다른 말이 필요 없습니다. 고맙습니다. 불면과 수명의 관계를 연구하는 것은 통계적으로 불가능한 시도입니다. 불면 시간의 합을 평균 기대수명에서 빼는 것은 독장수셈일 겁니다. 악마는 그렇게 셈하지 않습니다.

그도 통계를 안다. 수면장애와 기대수명 사이의 직접적 연관성을 찾아보려고 시도한 사람은 몇 없다. 그렇지만 심장마비에서 시작해서 당뇨병을 거쳐 치매에 이르기까지 다양한 질환과 수면장애의 상관관계를 연구한 수많은 연구로부터, 현저히 떨어지는 기대수명을 추론하는 데에 그렇게 많은 전문지식이 필요한 것도 아니다. 두 개의 연구가 다섯 배나 높은 자살위험률이라는 결론을 내놓았다. 핀란드에서 쌍둥이를 대상으로 한 연구는 하룻밤에 7시간 미만 수면을 취할 경우 조기사망률이 4분의 1 정도 증가한다고 보고한다. 그런데 조기에 사망했다고 어떻게 말할 수 있나? 우리가 시간과 공간의 법칙을 조금 이해하기라도 하듯이 말이다. 당신은 죽지 않을 겁니다, 상담사가 말한다. 그는 그녀를 바라보고, 그녀의 얼굴에 떠오르는 생각을 본다. 당장은 아닙니다, 그녀가 말하고 그는 중차대한 사실을 경솔하게 말해서는 안 된다는 동의의 표시로 턱을 내린다.

선생님은 나를, 그가 말한다, 회계사로 만들었어요. 매일 그는 수면시간 추정치를 평가하려고 해보고, 매주 자신이 살아 있는지 죽어 있는지를 결정할 합산 게임을 한다. 그렇지만 그가 어디에서 네 시간 반이 필요하고, 어느 기간 내에서 이 시간이 생존에 필수적인지는 모른다. 그는 지난 2주간의 일지를 점검했다. 총 8시간, 2시간 이상 연속되는 경우는 절대 없고, 대부분은 D이고 S는 없다. 수면시간을 좀더 현실적으로 평가해주는 수면실험실이 있고, 아니면 집에서 몸에 착용하는 장비들도 있지요. 실험실에서는, 상담사가 말한다, 모든 매개변수를 측정합니다. 당신은 온갖 것을 다 산정한 서류 일체를 받게 될 거예요. 총 수면지속시간에서 총 각성시간과 취침 후 각성시간 합계, 각성 빈도까지요.

상담사는 그의 수면의 질과 양을 객관적으로 점검해보는 것이 당장은 불필요하다고 여긴다. 내 생각에는, 그녀가 말한다, 당신이 직접 쓴 일지가 훨씬 더 흥미롭습니다. 당신은 그러니까 꾸준히 수면일기를 쓰시지요? 수면일기가 아닙니다. 당신은 내가 쓰는 단어들을 좋아하지 않지만, 일기라고 부르든 일지라고 부르든 상관없지 않나요? 그는 말한다, 정확히 하는 게 중요합니다. 상담사는 '미스콘셉션misconception'이라는 개념을 사용한다. 그들은 둘 다 학술 영어에 익숙하고 따라서 같은 눈높이에서 대화할 수 있다. 일관성이 있으려면, 그가 말한다, 수면장애자는 인지장애도 겪어야 합니다. 수면부족이 일정한 정도에 이르면 환영이나 환각을 보게 됩니다.

알파벳순으로 정리된 약어 목록은 자료 수집을 위해 서류에 추가된 것이며, 이 목록에는 GMR — Gehirnmaschinenrasen(뇌기계폭주)가 있다. vmtl — vermutlich(추정상) 다음 마지막 약어는 Vzwfl — Verzwfl(절망)이다. 약어 목록에서도 그는 이 단어를 온전한 본딧말로 쓰고 싶지 않다. Vzwfl과 TS 사이의 연관성은 자료를 몇 페이지만 훑어보아도, 상관관계를 확정하려고 애를 쓰지 않아도 눈에 보인다. 프로그램이 자료를 분석하고 프로토콜을 생성하게 하기 위한 전제조건은 마련되었고, 한동안은 자료 수집 상태가 지속된다. 꼭 정해야 하는 조사종료시점은 확정하지 않았다.

하얀 하늘 아래, 나는 눈부시게 환한 도시를 걸어갔다. 깨끗하고, 정돈되어 있고, 거리와 광장 들에는 검은 아스팔트가 깔려 있고, 미풍도 없고, 이파리 하나 움직이지 않는다, 나무가 없으니까. 나는 걷는다. 무질서에 맞닥뜨릴 때까지. 흙이 메마른 온상의 삐쩍 마른 관목들은 잎이 없다. 나는 포석이 깔린 길을 따라서 넓은 강가로 내려가고 바지선들을 발견한다. 그중 하나를 타고 나는 바다까지 갔다. 항구에서 이리저리 헤맸고, 아무도 내게 정보를 줄 수 없었고, 소금바람이 내 이마와 뺨을 문질렀고, 혀끝에서는 소금결정이 따끔거렸다. 수마트라 열대우림에 불을 지르기 위해서는 우선 열대우림을 말려야 한다. 이탄토는 아주 천천히, 오래오래 탄다. 탄소로 가득 찬 오래된 땅에 저절로 불이 붙을 일은 없고, 이런 땅에 붙은 불만큼 많은 유해물질을 발생시키는 것도 없다. 검은색 짙은 연기, 불꽃은 거의 보이지 않는다. 그는 기침을 하고, 천천히 공기를 들이마시고, 힘겹게 숨을 내뱉는다. 수마트라 원시림의 나무들이 목질까지 불탄다. 생명의 파괴를 도수로 표시해보면 이것은 죽음의 최극단이리라, 가장 깊은 내부에서 일어나는 죽음.

나는 통증이 있는 두 발을 마사지한다. 그의 두 눈은 벌개졌고 헛기침과 잔기침도 메마르다. 그는 이것이 기침이 되지 않도록 애를 쓴다, 기침은 그렇게 빨리 다시 가라앉지 않을 것이므로. 그의 두 뺨의 피부가 팽팽해진다. 나는 부엌으로 가서 물병을 채워 다시 탁자 위에 둔다. 발뿐만 아니라 종아리도 걸을 때마다 쑤신다. 대부분의 밤은 일지에 Des — Desertification, 즉 사막화로 표시된다. 그는 두 눈을 비비고, 눈 밑 서클에 검은 먼지가 남는다. 잠이 무엇인지 누가 알겠는가.

위도 5.7 경도 102. 오늘 밤, 추정컨대 10만 제곱미터가 불에 탔고, 열방출량은 8과 10 사이이다. 이 수치를 완전히 신뢰할 수 없는 것은 센서 측정치를 믿을 수 없을 정도로 연기가 짙었기 때문이다. 지표는 이탄, 절대 불에 타지 않고 또 저절로 불이 나지도 않는 지질이다. 지금까지 수천 마리의 소형원숭이, 수백 마리의 오랑우탄, 40마리의 수마트라호랑이, 수천 마리의 다른 동물이 죽었다. 살아남은 것들은 숯덩이 사막에 앉아 있다. 마지막 한 시간 동안 추정컨대 5천 헥타르가 더 탔다. 화재전선의 이동은 3시간에서 6시간까지 지연되어 표시되는데, 이것을 근접실시간, NRTnear realtime라고 부른다. 거의 실제 시간이라는 뜻이다. 가장 중요한 관측위성들은 지구를 하루에 두 번 돈다. 우리는 여기 아래서 먼 하늘을 쳐다보지만, 하늘이 우리의 장비로 꽉 차 있음을 보지는 못한다. 1,000제곱미터 이상 화재는 정기적으로 기록되고, 신형 초소형인공위성은 모닥불 하나까지 발견할 수 있다고 한다. 냉장고 크기만 합니다, 독일 운영자들이 말한다, '새Bird'라고 불리지요.

우리는 독성 오염물질 구름과 그것의 공기 중 경로를 안다. 3시간 안에 수십만 헥타르, 만 마리의 오랑우탄을 덮을 수도 있다. 더 이상 그렇게 많이도 없지만. 또는 마지막 수마트라호랑이가 있는 1제곱킬로미터를 덮을 수도 있다. 그는 양쪽 위팔을 잡고, 근육에 압력을 가하며 팔꿈치까지 쓸어내린다. GMR이 있는 밤에는 종종 몸 전체가 마치 감전되기라도 하듯 움찔거리지만 다음 날 아침에 특히 위팔이 가장 아프다. 마치 누군가가 작고 단단한 주먹으로 계속 때려 근섬유가 약간 파열된 것 같다. 그는 수면 시간을 더 이상 계산하지 않는다. 상담사는 고개를 끄덕인다.

사실 위험지도 위에 수마트라는 열대우림답게 초록색으로 표시되어야 하리라. 이는 모든 위험표시 시스템에 동일하게 적용되는 유일한 단계이고, 그 외 단계의 수와 색, 명칭은 다양하다. 유럽인은 7단계 가운데 최고 단계를 '극도로 위험very extreme danger'으로 명명하고, 호주인은 6단계만 두고 마지막 등급을 '재앙적catastrophic'이라고 표시한다. 여러 명도의 빨강, 주황, 노랑, 진보라, 다갈색 등 다양한 색이 부여되지만 초록만은 모두의 의견이 일치한다. 초록색은 불연성에 가까움, 낮은 점화 및 확산 가능성을 의미한다. 이탄은 엄청난 양의 이산화탄소와 이산화황을 방출하고, 수십만 명의 사람들이 호흡곤란으로 치료받는다. 한 달여 전에 첫 번째 화재가 기록된 이후 꾸준히 또 다른 방화가 일어난다. 생지옥 안에서 일어나는 새로운 불들.

한 시간이 다 지나려면 아직 십 분이 남았다. 그는 탁자 위에 돈을 올려놓고 상담사는 자신의 달력을 집어 든다. 그는 전화하겠다고, 자신은 지금 달력을 갖고 있지 않다고 말한다. 그가 아직 한 번도 달력을 가져본 적이 없음을 그녀가 알아차려도 상관없다. 일정, 메모, 화재지도, 경계근무 등 모든 게 스마트폰에 들어 있다. 그는 거리로 달려 나간다. 덥다. 첫 모퉁이를 돌았을 때, 달리기를 멈추지 않을 수 없고, 한 손으로 담벼락을 짚고, 앞으로 몸을 숙인 채, 다른 한 손은 가슴에 댔다. 기관지가 점점 더 좁아지고, 호흡근육이 경련을 일으키는 동안 그는 몸을 굽히지 않으려고 해본다. 바지 주머니를 더듬고, 겉옷 주머니를 더듬어 스프레이를 집는데, 그는 가능하면 이 스프레이를 사용하지 않고, 달리 어쩔 수가 없을 때는 매번 이를 증오한다. 벽에 기댄 채 그는 입술 사이로 물부리를 물고 숨을 들이쉰다. 그는 지금 자기 두 뺨 위로 흘러내리는 눈물을 익히 알고 있다. 그건 나약함이다.

꼭 감은 눈꺼풀 앞에 낮이 서 있다. 망각은 잠에서 깨어도 조금 더 지속된다. 이어 나는 내 한쪽 빰에서 베갯잇을 느낀다. 끈적거리고 축축하다. 피와 진물이다. 의사는 수술도구를 금속 쟁반 위에 올려놓고 회전의자를 내 쪽으로 돌린다. 피부를 봉합하기 위해서 근육층 내부에 한 바늘 그리고 외부에는 여러 바늘을 꿰맸다. 결혼하실 때까지는 다시 좋아질 겁니다. 그녀는 미소도 짓지 않고 이 말을 하고, 내 입술이 당긴다. 조심. 욕실 거울 속 내 입은 상처투성이다. 혀는 입천장을 더듬고, 빰 내부의 봉합사에 닿고, 통증이 엄습한다. 적어도 일주일은 꿰맨 자리가 터지지 않도록 조심하셔야 합니다. 입술은 가능하면 움직이지 말고, 말도 하지 말고, 웃지도 마세요. 나는 침실의 불을 끄고, 해가 비쳐 환한 집 안을 걷는다. 여행가방 안에 옷가지, 종이, 연필 몇 자루, 단어장을 집어넣는다. 전기레인지를 점검하고, 수돗물을 잠그고, 선글라스를 끼고, 여행가방은 손에 들고, 배낭은 어깨에 멘다.

한 시간 반 기차를 탄 후 나는 작은 역의 광장으로 나오고, 그사이 버스의 문들이 막 닫히고 있다. 아직 꺼지지 않은 열림 버튼을 누르고, 다시 열린 문이 나를 버스에 들인다. 나는 기사의 얼굴을 보고, 그때 내 얼굴에 통증이 몰려오고, 그는 고개를 돌리고, 그 순간 출발한다. 나는 한 팔을 높이 들어 손잡이를 잡아 몸을 지탱했다가 첫 번째 줄 좌석에 털썩 앉는다. 입술에서 액체 한 방울이 턱을 타고 흘러내려 쇄골 위에 떨어진다. 나는 그쪽을 만져보고 손가락 끝에 묻은 피를 본다. 미소를 지으면 상처가 벌어진다.

중정은 사면이 막혀 있다. 정면에 있는 대문이 건물 입구다. 후면에도 문이 하나 있고, 이 문은 풀밭으로 나가는 문이다. 한편에 내 집이 있고, 그 맞은편에 예전 관리실이 있다. 건물은 2층짜리이고 아주 크지는 않아도 이 지역에서는 성이라고 불린다. 몇 년 전에 한 안전진단에 따르면, 군데군데 붕괴위험이 있고, 추측건대 그사이에 더 많은 부분이 그렇게 되었을 것이다. 이런 노후건물을 보수할 여력이 있는 사람은 없다고 사람들은 말한다. 내가 자는 방에는 거리로 난 막힌 창 하나와, 중정으로 난 유리창 하나가 있다. 옆방으로 가는 문이 있고, 그 맞은편에 또 하나 더 오래되고 니스칠이 되지 않은 나무문이 있는데, 나는 이 문의 열쇠가 없다. 아마 대문의 아치형 진입로로 나가는 문일 것이다. 통과해보지 않은 이상 나는 모른다.

저녁마다 나는 뒷문 앞에 있는 나무 벤치에 앉고, 내 옆에는 건포도와 해바라기씨가 든 절임용 유리병이 놓여 있다. 풀밭 위에는 자색너도밤나무 한 그루, 우산소나무가 여럿 있고, 늙은 수양버들 한 그루가 예전에 폭우가 내리면 늘 물웅덩이가 생기곤 했던 곳에 서 있다. 훨씬 뒤쪽에 소관목류가 있고 언젠가 숲이 될 것이다. 누가 내게 전화를 걸면, 나는 문자로 답한다. 지금 통화를 할 수 없으니, 메시지를 남겨주세요. 안드레아와 언니에게는, 입에 상처가 났어, 라고 쓴다. 무슨 일이야? 넘어졌어. 의사는 결혼할 때까지는 다시 좋아질 거래. 안드레아가 답한다. 그렇다면야.

나는 건포도와 해바라기씨를 먹고, 그것들을 하나씩 오른쪽 입꼬리 쪽으로 밀어 넣는다, 가끔씩은 왼쪽으로도. 풀밭에 있는 벤치 앞, 내 발에서 딱 한 발자국 떨어진 땅에 구멍이 하나 있다. 땅굴시스템으로 들어가는 입구이고, 거기서 들쥐 한 마리가 규칙적으로 모습을 보인다. 들쥐는 앞발로 씨앗과 낟알 들을 주둥이로 가져가고, 나보다도 더 서두르지만, 나는 우리 사이의 닮은 점을 알아차리고는 웃는다. 들쥐는 그 순간 다시 구멍 속으로 사라졌다. 내가 통증을 느끼는 것보다 더 빠르게. 그리고 통증이 오기 전에 벌써 나는 물기를 느낀다. 입을 만져보고, 손가락 끝에 피가 묻었다, 버스에 탈 때보다도 많다. 당기는 느낌은 나아졌다. 나는 몸을 뒤로 기대고, 또 건포도 하나를 입안으로 밀어 넣는다. 쥐가 나타나고, 풀밭으로 사라지고, 내 안에서는 웃음이 나무우듬지와 관목들에서 나는 그런 소리처럼 울린다. 그것은 내가 어떤 존재에도 귀속시킬 수 없고 어떤 의미도 부여할 수 없는 소리다. 조용해지고 어두워질 때까지 나는 그대로 앉아 있다. 피는 말라붙고 입술은 마비된 것 같다.

욕실에서 나는 세면대 위로 몸을 굽힌다. 입술에 말라붙은 피를 씻어내기 위해 미지근한 물줄기를 한 손을 써서 입술 위로 보낸다. 문지를 수가 없기 때문에 한참이 걸려서야 피가 씻겨 내려간다. 세면대 옆에는 손거울이 놓여 있다. 집에 있는 단 하나의 거울이다. 서랍장에 딸린 거울을 나는 거울로 여기지 않는다. 그것은 문과 창문 들로 가득 찬 이 방 안에 있는 또 하나의 출입구다. 그 아래의 상판은 무거운 대리석 판이고, 서랍장은 성이 지어진 이래로 늘 있던 자리에 있다. 손거울 속에서 나는 밝은 파란색의 봉합사를 관찰한다. 정확히 윗입술과 아랫입술 한가운데에 각각 하나씩 있다. 아랫입술의 상처가 더 깊고, 꿰맨 자리가 벌어졌다. 나는 실과, 살이 벌어진 번들거리는 틈을 본다. 아랫입술을 아래로 내밀어 내부의 봉합선을 보니 거기는 터지지 않았다. 부드러운 점막 속에 아주 작은 매듭이 있고, 나는 혀끝으로 실 끄트머리를 느껴본다. 입술 내부, 근육 속에 있는 실은 몇 주 안에 저절로 없어질 거란다. 외부의 실은, 의사가 말했다, 동네 의사도 제거할 수 있습니다.

나는 면봉으로 입술 안과 밖에 요오드팅크를 바르고, 벌어진 상처가 제일 따갑지만 근육 하나 움찔거리지 않는다. 양치질을 어떻게 해야 하는지는 아무도 말해주지 않았다. 우선 나는 매일 아침 조금의 치약을 물에 풀고 섞은 다음 빨대를 통해 빨아들여 입을 헹군다. 그 후 그 물을 반쯤 벌어진 두 입술 사이로 세면대에 흘려보낸다. 매일 두세 번 요오드팅크를 발라줘야 한다고 하지만 나는 적어도 다섯 번을 발라준다. 녹 빛깔의 갈색 액체는 흘러나온 피를 연상시킨다. 약을 바른 후의 내 입을 사람들은 이제 막 생긴, 처치하지 않은 상처라고 여길 수도 있겠다.

언니 그리고 안드레아와 나는 규칙적으로 통화하는데, 그들은 내 목소리를 듣고 싶었다 말하고, 나는 아무 말도 하지 않고 동의한다는 소리만 낸다. 눈먼 사람 앞에서 말없이 고개만 끄덕이지 말라고 배우듯이 두 사람은 예, 아니요로 대답할 수 있는 질문만을 하는 데 금방 익숙해졌다. 그럼에도 불구하고 그들은 첫마디로 어떻게 지내, 라고 묻는다. 습관이란 무섭다. 하지만 곧장 다른 질문으로 넘어간다. 부기는 빠졌어? 통증도 가라앉고? 뭘 먹어? 빨대로, 가능하면 입술을 움직이지 않고. 뭐라고? 언니는 곰곰이 생각해본다. 그렇구나. 대개의 경우 내가 다시 말하는 것은 불필요하고 계속 듣는 것만으로 충분하다. 언니는 빨대로 뭘 먹을 수 있을까 고민해본다. 묽은 스프를 끓여 봐. 나는 동의한다는 소리를 낸다. 나는 이 진정시키는 중간 톤의 후음喉音을 낮게, 조금 더 높게, 다시 낮게 낸다. 가끔씩 이 소리를 반복해서 내면 계속 말하라는 요구, 관심사에 대한 궁금증 또는 공감의 표명으로 들린다, 내가 이 소리에 어떤 뉘앙스를 주느냐에 따라, 상대방이 무엇에 관해 말하느냐에 따라. 사과 같은 것, 오트밀 죽, 아니, 그건 너무 빽빽해. 핸드블렌더 가지고 있니? 언니는 웃는다. 내가 그녀 집에 있다면, 그녀는 나와 아이를 위해 같은 음식을 장만할 수 있으리라. 아이는 이제 조금씩 나아지고 있어, 언니가 말한다. 다시 건강해질 거야.

이웃마을에 가게가 하나 있고, 걸어서 40분 걸리고, 돌아오는 길은 장 본 것을 등에 지고 있으므로 더 오래 걸린다. 아직 건포도 한 봉지, 포도주 두 병, 해바라기씨, 요구르트 여섯 개가 있다. 나는 포도주를 작은 컵으로 마시고, 오늘은 분홍색 빨대를 사용한다. 담배는 조금 굵지만 그래도 괜찮다. 파이프담배를 시도해보았더니 납작한 물부리가 살짝 열린 입술 사이에 딱 맞는다. 물론 그냥 담배보다 더 세게 흡입해야 한다. 근육을 당기는 것은 피해야 한다. 나는 가볍게만 빨아들이고, 연기를 입안에 머금고 있다가 위쪽과 아래쪽 봉합선 사이로 조금씩 새나가게 한다. 연기는 날려가고 나는 팔꿈치를 허리 위에 받친 채 담배를 쥔 손을 어깨 높이로 들고 있다. 아무것도 움직이지 않는다.

낮의 새들은 침묵했다. 검은지빠귀는 내가 모르는 사이 그 끝없는 변주를 중단했고, 참새는 소음을 내면서 사라졌다. 그들은 차례로 중단했을 것이다. 하나가 다른 하나보다 조금 더 빨리, 그리고 마지막 하나가 있었을 것이다. 하지만 나는 아직 한 번도 이 마지막 소리를 듣는 데 성공한 적이 없다. 하루의 마지막 새소리, 고요의 시작. 까마귀들이 마지막이라고 그가 이야기해주었다. 까마귀들이 밤에 높은 나무 위에 모이면 사람들은 그들이 내는 소음을 듣고, 그 후 그들이 은밀한 신호에 따라 조용해지면, 밝음이 아직 조금 남아 있는 밤하늘을 배경으로 그들의 침묵하는 형상을 어렴풋이 알아봐. 나는 까마귀를 한 마리씩만, 낮에 본다. 나는 까마귀들이 잠자는 나무가 어디에 있는지 모른다.

침실과 부엌 사이의 공간에 나는 절대 머무르지 않는다. 이 공간은 내게는 오로지 통과하는 공간일 뿐이다. 성을 떠올릴 때마다 나는 모든 창문들이 내부의 중정으로 향한다고 생각하지만 그건 아니다. 부엌 뒤쪽에는 작은 사각형 벽감이 파여 있고, 이것이 벽의 두께를 짐작하게 해준다. 몇 년 전부터 더 이상 닫히지 않는, 나무틀이 비틀어진 아주 작은 창문. 그 앞에서 자라는 딱총나무 덤불과 나무딸기관목은 가지와 덩굴을 창문 안으로 뻗치고 있다. 부엌의 커다란 나무탁자 위에는 종이, 연필 들과 단어장이 놓여 있다. 종이 위에 뭐가 적혀 있는지를 알아보려면 한낮에도 불을 켜야 한다. 책상 위의 어스름을 흩어버리기 위해서 나는 차라리 중정으로 난 문을 연다.

밤이면 나는 침대에 누워 있다. 다리가 높은 철제 침대로, 오른쪽과 왼쪽으로 난 문들, 그리고 창문들 사이에 놓여 있다. 내 머리 위의 창은 중정을 향해 있고, 그 건너편의 막힌 창은 거리를 향해 나 있다. 서랍장 위 거울을 나는 매일 저녁 스카프로 덮어두는데, 아침에는 스카프가 더 이상 거기에 없을 때가 많다. 얇은 비단스카프를 들어 올려 상판 위에 떨어지게 하는 데는 한 줄기 바람이면 충분하다. 문과 창문 들이 아귀가 꼭 맞지 않는 게 틀림없다, 방 안의 공기가 쉴 새 없이 움직이니까. 맞바람이 친다, 라고들 말한다. 나는 심장박동이 더 느려질 때까지 기다린다. 입술의 두근거림이 조금 약해진다. 나는 귀를 기울인다. 저기 바깥의 저녁은 따뜻하고, 여기 방 안은 여전히 서늘하다. 털이 처음에는 두 팔 위에서 일어선다. 견갑골, 얇은 뼛조각들이 가죽 아래에서 두드러지고, 걸을 때마다 하나가 솟아오르면, 다른 하나는 아래로 내려간다.

뭐가 보이니? 밤에 아이가 두 눈을 크게 뜨고 누워 있는 침대로 와서 엄마가 물었다. 낡은 건물은 모든 것을 다 받아들였고 수백 년 동안 그래왔다. 늑대의 시간은, 밤이 가장 깊을 때지만, 어두움과는 아무 관계가 없다. 어스름은 밝을 수 있고 심지어 빛이 날 수도 있다. 무서워할 필요 없어. 아이는 무서워하지 않았다. 방치되었고 견뎌냈다. 자신에게 부과된 모든 침묵의 맹세를 지켰다. 너무 그렇게 화내면서 바라보지 마. 그 후 우리는, 말을 하고 미소 지어야 함을 배운다.

한동안은 음울해 보일 겁니다, 라고 의사가 말했다. 하지만 그 대가로 당신의 미소는 훨씬 더 아름다워질 겁니다. 늦은 오전에 나는 장을 보러 간다. 등에는 배낭을 메고, 그 위에는 밀짚모자를 얹고, 목에는 끈을 맸다. 도로 양편에서 경작지, 건축부지, 이어서 단독주택들이 나타났다. 교회 앞 광장에는 자동차들이 주차되어 있고, 유리가 끼워진 게시판에는 안내문들이 게시되어 있다. 오른쪽 부분은 교구, 왼쪽 부분은 구청 소관이다. 소녀들과 여성들을 위한 무료 호신술 강좌. 일요일 미사는 이제부터 16시에 시작됩니다.

상점 내부가 서늘하고, 내 얼굴은 뜨겁다. 가게 주인은 우유팩, 고양이사료 캔, 각설탕 봉지로 가득 찬 카트에서 물건들을 꺼내 선반에 진열한다. 그는 나이가 들었고 움직임이 둔하고 머리칼은 회색이다. 안녕하세요. 그는 눈을 들기도 전에 답을 하고, 흘깃 쳐다보던 눈길은 잠시 머물다, 외면했다가, 되돌아오고, 사라진다. 콕콕 찌르는 아랫입술의 통증은 이제 거의 순해졌고, 당기는 느낌은 없어졌다. 나는 빵, 소시지, 치즈가 있는 진열대 뒤에 서 있는 여주인에게 인사를 건넨다. 휴지 있으세요, 내가 묻고, 그녀는 나에게 하얀색 냅킨을 준다. 그것으로 나는 입술의 피를 닦아낸다, 조금의 딱지와 요오드팅크도. 젬멜을 달라고 하고, 그 밖에도 건포도, 요구르트, 사과소스, 백포도주, 담배를 산다. 그녀의 남편은 시선을 내리깔고 총액을 입력한다. 해바라기씨 주세요. 그는 반응하지 않고, 다시 한번, 해바라기씨, 나는 더 또렷하게 발음하고 질문하는 톤을 내려고 애쓴다. 아마 창고에 있을 겁니다. 쳐다보지도 않고 그가 말하고 금전출납기의 붉은 숫자를 가리킨다. 내가 물건들을 배낭에 집어넣는 동안 그는 뒤돌아서 잡지를 정리한다. 안녕히 계세요.

성으로 돌아와, 나는 요구르트와 백포도주를 냉장고에 넣고 뒷문으로 나간다. 갓 구운 빵을 쥐와 나누어 먹으려 한다. 젬멜을 한가운데서 둘로 쪼개어 부드러운 속살을 자그마한 공 모양으로 뭉쳐서 번갈아가며 한 번은 굴 입구 앞으로 던지고, 또 한 번은 내 오른쪽 입꼬리 안으로 밀어 넣는다. 쥐는 내가 거기에 더 이상 없으면 올 것이다. 어두워지기 전에, 나는 나지막이 말한다, 돌아올게. 빵 부스러기를 물로 씻어 내고 신발 끈을 맨다.

지나가는데, 관리실의 먼지 낀 창유리 중 하나를 통해 뭔가가 움직이는 것이 보인다. 나는 정문에 나무 빗장을 걸고, 부엌 찬장에서 열쇠를 꺼내오기 위해 다시 한번 되돌아간다. 열쇠는 그대로 꽂아두고 문은 밖에서 닫는다. 경작지 사이에 난 농로에 도달하고 이어 국도로 나온다. 끈에 매달린 밀짚모자가 내 등 뒤에서 흔들거린다. 땀이 윗입술 위 오목한 홈에서 상처로 흘러내리고 태양은 소금을 지진다. 나는 농로가 갈라지는 곳에서 멈춰 선다. 언덕을 약간 올라가면 개구리 연못이 있다. 수영하기에는 너무 작고 수초와 연꽃이 너무 빽빽하게 자라 있지만, 미끄러져 들어가 수면 바로 아래서 두 팔을 수중식물들의 팔 사이로 뻗어볼 수 있다. 목욕을 마친 후에는 햇볕에 몸을 말리고, 모기와 쇠파리 들이 통행세 조로 피를 징수해 가게 둘 수 있다.

예전에 흙길이었던 곳에 이제 아스팔트가 깔려 있고, 조금 떨어진 곳에서 벌써 나는 목소리들을 듣는다. 연못에서 멀지 않은 곳에 땅을 평평하게 고르고, 탁자며 벤치를 놓아두었다. 넷, 다섯, 여섯 명의 젊은이들, 둘은 의자 등받이 위에 웅크리고 앉아 있고, 그들 둘레에는 오토바이들이 세워져 있다. 목소리들은 어떤 대화로 수렴되는 것이 아니고, 서로서로 밀쳐내고, 늘 하나가 소리를 높이고, 갑자기 침묵하고, 끊어진다. 나는 땅바닥에서 담배꽁초를 볼 수 있고 그들이 나를 알아차릴 수 있을 정도로 가까이에 있다. 그들은 계속 말을 하다가 지금은 멈추고, 시선들도 불안정하고, 그러다 이제는 한 사람만 계속해서 혼자서 중얼거린다. 안녕하세요, 내가 말하고, 미소를 비친다. 아랫입술의 틈이 약간 벌어지고, 피 몇 방울이 날 정도지만 더 벌어지지는 않는다. 내가 지나가자, 말하기를 멈추지 않았던 남자가, 안녕하세요, 라고 말한다. 그의 중얼거림을 둘러싼 침묵이 지속되고, 그동안에 나는 연못을 뒤로한다. 여기서 길은 여전히 농로이고, 침엽수들을 따라 가파르게 상승한다. 내 등 뒤의 목소리들이 점점 더 커지고, 나는 그들의 목소리가 들리지 않을 때까지 힘찬 걸음걸이로 나아간다.

경계를 표시하고 바람을 막아주는, 가는 띠 모양 조림지 안으로 들어선다. 사냥용 망루, 내 머리 위에는 딱따구리 한 마리. 나는 고개를 뒤로 젖혀 귀를 기울이고, 소리가 멈추고, 우리 뒤에서 굉음이 들린다. 나는 밭둑을 따라가고, 저만치 위쪽에서 땀에 젖은 붉은 얼굴을 한 남자가 한 손을 들어 인사한다. 언덕배기의 숲 언저리에 도달하고 뒤를 돌아본다. 무거운 농기계가 밭 위에서 천천히 움직이고, 조금 멀리에서는 자동차들이 국도 위를 빠르게 소리 없이 달려간다. 그 후 다시 한번 주변을 돌아본다, 도둑처럼. 도둑은 이어 이미 열려 있는 문을 통해 자신의 것이 아닌 집으로 소리 없이 사라진다. 그 안에서 나는 마치 누구의 눈에도 띄지 않을 수 있는 양 조심스럽게 발을 디딘다. 나무줄기들, 나무껍질들, 낙엽, 뿌리들, 이끼, 버섯들. 내 바지 주머니에는 손바닥 크기의 노트, 새끼손가락 길이의 볼펜이 있다. 나는 곧장 임로로 나와 표지판을 만난다. 쓰레기 투기 금지.

어둠 속에서 나는 밭가에 쪼그리고 앉아 있다. 멀리 앞쪽에서 불빛들이 가물거린다. 환하게 불이 밝혀진 풀밭이다. 아래에서는 김을 내는 오줌의 온기, 땅바닥을 통해서는 쿵 하는 울림, 아무 소리도 나지 않고, 그냥 신발 밑창에서 느껴지는 율동적 진동. 한 팔을 움직여 팔이 어디에 있는지 알아내보려고 한다. 팔이 위장과 연결되어 있기라도 하듯 움직일 때마다 아련한 메스꺼움이 먼저 상승한다. 손바닥이 침대 시트 위를 쓰다듬을 때와 같은 소리가 난다. 아스팔트 포장을 통해서, 더 깊은 지층들을 통해서, 막아버린 창을 통해서 육중한 트랙터 바퀴의 압력과 쟁기의 덜커덕거림이 밀어닥친다.

낮은 목소리의 '저런'이 아침 내내 나를 따라다니고 계속해서 내 어깨를 쓰다듬어서, 나는 머리를 옆으로 돌리지만, 아무것도 보이지 않다가, 마침내 내가 냉장고에서 요구르트를 꺼낼 때, 갑자기 손거울에 내 얼굴이 나타난다. 더러운 빰을 쓰다듬는 내 오른손 손가락들, 그리고 내 목소리는 웅얼거린다, '저런'. 손가락으로 얼굴에 묻은 것을 닦고, 솜으로 요오드팅크를 바른다, 우선 윗입술에, 이어 아랫입술에. 세면대 안쪽에 어두운 줄이 나 있고, 나는 그것이 흙인지 그을음인지 모른다. 지금 발자국 소리가 들리지만 나는 뒤돌아보지 않는다.

길가 나무 울타리 위에 어린 매 한 마리가 앉아서, 날아가지 않고, 이제 나는 얼마 전부터 들리던 외침이 어디서 오는 것인지 알 수 있다. 그 외침은 절박하고, 규칙적인 간격을 두고 엄마를 부르지만, 다른 사냥꾼들을 유혹할 만큼 잦지는 않다. 매는 내가 관찰하는 동안은 침묵하고 움직이지 않는다. 단 한 발자국도 떼지 않는다. 다부진 부리를 가진 흠잡을 데 없는 얼굴. 매는 내가 한참 멀어질 때까지 기다리다가 다음 외침을 토해낸다. 나는 폭넓은 임로를 따라가다가 며칠 전에 본 오솔길에 다다른다. 야생의 오솔길은 소관목류가 빽빽이 자란 곳으로 이어진다. 길 위에 멈춰 서서 시선을 들어 올린다. 우듬지 사이로 커다란 태양광선 다발이 떨어진다. 빛으로 된 기둥, 그 안에 재니등에들이 모여 있다. 가끔씩 한 마리가 한참 위로 솟아오르고, 거기서 버티다가, 내려오고, 그 후 모두가 다시 제자리에서 날아다닌다. 갈림길에는 지명과 하이킹코스 이름이 적힌 이정표가 꽂혀 있고, 표지판 하나에는 검정색 기호와 문구가 적혀 있다. 감시카메라 작동 중.

관광안내소는 교회 뒤 구청 건물에 있다. 카운터 뒤에 앉은 여자는 내 입과 눈을 번갈아가며 쳐다보고, 눈에서 재빨리 내 뒤의 출입문 쪽으로 갔다가, 다시 돌아오고, 내 눈에 머물러 있으려 한다. 나는 감시카메라에 대해 묻고 그녀는 미소를 짓는다. 2년 전부터 우리는 하이킹코스의 안전을 강화하려고 노력하고 있습니다. 어마어마한 프로젝트지요. 그녀는 팸플릿을 꺼내고, 지도를 카운터 위에 펼친다. 유감스럽게도 아직은 전면적으로 설치되지는 않았지만, 여기, 그녀는 손가락으로 가리킨다, 이미 카메라들이 설치되어 있는 코스들이 보이지요. 나는 카메라들이 나무에 부착되어 있는지를 알고 싶어 한다. 못이나 줄을 이용하는지, 그리고 얼마나 자주 점검하는지. 그녀는 그렇게 자세히는 모른다고 말한다. 여자는 말없이 카운터 위를 내려다본다. 하지만 여기, 그녀는 말하고, 손가락 하나를 지도 위에 놓고, 내 입을, 이어 내 눈을 바라본다, 경찰 비상전화번호가 있어요. 여기 숲에서는 무서워할 필요가 없습니다. 나는 그녀의 시선을 낚아채 단단히 붙잡는다. 그런가요? 나는 미소를 짓는다. 딱지는 피부와는 다르게 느껴진다. 윗입술의 얇은 새 피부가 찢어지고 아랫입술의 딱지는 벌어진다. 피와 진물이 흘러나온다. 고름은 없다, 내가 상처를 늘 깨끗하게 하니까. 나는 선홍색 핏방울이 묻은 지도를 접고 감사를 표한다. 휴지 드릴까요, 내가 벌써 문 앞에 와 있을 때, 그 여자가 소리친다. 나는 몸을 돌리지 않고 지도를 흔든다.

마을을 관통하는 도로 위 큰 교통섬에는 보호문화재로 지정된 예배당이 있고, 그 앞에는 벤치 두 개, 건축물의 역사를 적은 게시판, 어린 나무 세 그루가 있다. 나무들은 그늘을 제공하지 않고 여기서는 성장할 수가 없다. 나는 지도를 살펴보면서, 태양이 내 상처를 말리게 둔다. 나는 내가 표지판을 발견한 길이 있는 노란색 투어로 시작한다. 아무도 만나지 않는다. 산책객도, 자전거 타는 사람도, 인부도 만나지 않는다. 몇몇 갈림길에는 그 검정색 기호와 '감시카메라 작동 중' 문구가 적힌 표지판이 있고, 경로가 표시된 더 큰 게시판이 다시 나오고, 가끔 늙은 나무 한 그루가 나온다. 사람들은 거기에 철사를 두르고 '보호수' 표지판을 걸어놓았다. 확연히 많은 나무들에는, 사람 키보다 한참 높은 곳에 긴 못으로 작은 철제 배지를 박아두었는데, 무슨 말이 적혀 있는지 나는 읽을 수가 없다. 내가 숲이라고 부르는 것은 임업지이고 각 제곱미터당 수확량이 산정된다. 노루들이 조금 달아났다가, 여전히 나의 가시권 안에서 풀을 뜯기 시작한다. 스프레이로 뿌린, 눈에 확 띄는 표시들은 벌목할 나무들을 표시한다.

전화와 음성메시지가 줄었다. 고요가 증가하고, 더위도 심해진다. 뒷문 앞에 있는 벤치에 한참을 앉아 있노라면 나는 때때로 이 사실을 잊어버린다. 그러다가 혀로 건조한 입술을 축이고 싶어지고 혀가 봉합사에 닿는다. 나는 걸쭉한 액체에 사용하는 좀 굵은 플라스틱 빨대, 음료에 사용하는 가는 빨대를 가지고 있다. 대개 나는 빨대를 오른쪽 입꼬리 안으로 밀어 넣는다. 플라스틱 빨대로 마시는 일도 오른쪽잡이다. 왼쪽 입꼬리로 하면, 더 빨리 마시게 되고 딸꾹질도 더 자주 생긴다. 커피는 미지근해지게 놔둔다. 뜨거워서는 안 된다. 나는 내 입술이, 뭔가가 입천장에 닿기도 전에 음식과 음료의 온도를 시험해본다는 것을 알게 되었다. 마치 입술과 함께 미각신경이 다치기라도 한 것처럼, 또는 모든 감각이 상처에 집중된 것처럼. 통각, 미각, 후각이. 가끔씩 나는 썩은 내를 맡고는 숨을 멈춘다. 플라스틱 빨대로 내가 받아들이는 음식은 아무 맛도 없고, 커피는 묽고, 나는 바닐라 요구르트와 딸기 요구르트의 차이를 알지 못한다. 내가 허기를 거의 느끼지 못하는 것은 아마도 엄청나게 먹고 있는 건포도 탓일 것이다. 말린 포도의 단맛과 백포도주의 신맛이 가장 강렬하다. 나는 입안에 액체를 따뜻해질 때까지 머금는다. 산이 닿은 상처가 조금 따갑다.

저녁에 퇴근할 때면 가끔씩, 야간 수위가 담배를 피우면서 본관 건물 앞에 서 있다가 그에게 담배 한 대를 권하고, 불을 붙여준다. 그는 다 타버릴 때까지 담배를 손가락 사이에 쥐고 있다. 그는 동료들보다는 야간 수위와 날씨에 관해서 이야기하는 것이 더 좋다. 뭔가가 잘못되었어요, 수위가 말한다, 안 그런가요? 그는 도시 변두리에 작은 뜰을 갖고 있고, 최근에 악천후가 그의 텃밭을 전부 쑥대밭으로 만들었고, 그럼에도 불구하고 땅은 메마르다. 1미터 이상 땅을 팠지만 거기조차도 축축하지 않아요. 정말 섬뜩해요, 야간 수위가 말하고, 그들은 인사하고, 그는 연구소를 떠나 남쪽으로 난 언덕을 따라간다. 도로가 가파른 내리막이 되기 전에 그는 멈춰 서서 도시를 내려다본다. 하늘은 구름 한 점 없고, 멀리 동쪽의 구릉지대까지 잘 보이고, 청명한 밤이 될 것이다. 휴가 전 마지막 근무일이었고, 그는 일주일의 휴가를 얻기 위해 초과근무를 할 만큼 했다. 연구소를 떠나기 전 그는 위험지도에 가장 최근의 상황을 반영해놓았다. 그는 몸을 돌려 나무로 덮인 구릉 등성이를 올려다본다. 얼마 전부터 그는 이 나라 동쪽 지역을 관찰하고 있다. 뭘 하실 거예요, 상담사가 묻는다, 일주일 휴가를 간다면요?

며칠에 걸쳐 지표화地表火가 확산되었고, 바람이 멈추면 아무도 모르게 상부 부식층을 태운다. 몇 시간 안에 그것은 전면화재가 될 것이다. 그 누구도 예측할 수 없던 일이라고들 말한다. 절대 예상할 수 없거나 아니면 늘 예상할 수 있다. 대개의 경우 인간의 잘못이 시발점이기 때문이다. 사람들이 알 수 있었던 것은 그곳의 숲이 잘 탈 것이라는 것이다. 건조함, 풍부한 연소물질, 소나무와 전나무 군락. 수관화樹冠火는 어떤 장애물도 뛰어넘는다. 바람만 불면 방화선, 도로, 강도 넘어선다. 게다가 불은 스스로 폭풍을 일으킨다. 불꽃은 공기를 뚫고 달려가고 불구름 상부에서 번개가 치고 강우는 기화해버린다, 땅 가까이 오기도 전에.

내 앞에 검은 개활지가 열린다. 풀, 관목, 묘목 등 아무것도 남아 있지 않다. 이제 막 재조림을 마쳤고, 동일한 지역이 지난 몇 년간 여러 번 불탔다. 이 지역 땅은 탄약이 풍부하고 매년 총격을 해댄다. 나무들이 완전히 파괴되면 전면적 손실, 화재 이후에 죽으면 치명적 손해라고 말한다. 나는 원原 산림지대에 도달했고, 어린 나무들은 전부 불탔고, 수령이 좀더 된 나무들은 몇몇 검은 줄기만 남았다. 아직도 알아볼 수 있는 것은 흙이 드러난 길고 좁은 땅으로, 정기적으로 갈아엎어 식물이나 부식토가 없는 땅이다. 이 뒤에서 불은 마침내 멈추었다. 땅은 무거운 소방차, 완전무장한 사람들의 무거운 발자국, 장비들로 인해 파헤쳐졌다. 생존투쟁지대란 임학에서 수목한계선에 면한 지역을 가리키고, 여기서도 특정한 나무들은 살아남는다.

나는 방향 감각을 상실했고, 내가 아직 언덕 위에 있는지 아니면 이미 평지에 도달했는지 모른다. 마침내, 뜻밖에도 숲에서 나와 풀밭, 도로에 도달한다. 몇몇 집들, 진입로로 꺾어 들어가는 자동차 한 대. 운전자가 차에서 내리고, 나는 확실히 들리도록 인사하고, 얼마쯤 더 다가가서 전동식 대문 옆, 사유지 경계에서 멈춘다. 그 남자는 몸을 돌리고, 손에는 열쇠 꾸러미를 들고 있고, 내가 다가오는 모습을 지켜본다. 머리에서 발끝까지, 다시 얼굴로. 집에서 나서기 전에 나는 요오드팅크를 새로 발랐다. 성으로 가는 길을 그가 알려줄 수 있는지. 나는 성이라고 말하지 않고 마을 이름을 댄다. 그는 다시 아래쪽으로 내 발을 쳐다본다. 도로요, 아니면 길이 없어도 되나요? 나는 두 가지 가능성을 다 설명하게 한다. 내가 자리를 뜰 때 뒤에서는 아무 소리도 나지 않는다. 이어 열쇠 소리. 내 왼쪽 가슴은 오른쪽보다 더 무겁고, 그 아래 땀이 고여 있고, 걸을 때마다 피부 주름이 느껴진다. 나는 폭이 넓은 임로로 돌아간다, 천천히, 지쳐서. 여명의 시간에 뒷문 앞 풀밭에 당도하고, 어두운 부엌에서 말없이 탁자 앞에 서 있다. 탁자 위에는 단어장, 그 옆에는 내 바지 주머니에서 꺼낸 더 작고, 따뜻하고, 축축한 노트.

오늘은 불 연습은 안 돼요, 그가 말한다, 빛을 가지고 하는 연습 말입니다. 그의 호흡은 힘겹고, 공기를 들이마시는 것 자체가 의식적인 행동이고, 숨을 내쉴 때마다, 소비된 공기를 최대한 내보내려고 애쓴다. 상담사는 자리에서 일어나 창가로 가고, 식물이 허락하는 한도 내에서 창문을 연다. 다른 연습을 몇 개 해보시겠어요? 그는 손가락 끝을 차가운 탁자 유리 상판 위에 놓았다가 이어서 통증이 있는 안구를 덮고 있는 염증이 생긴 눈꺼풀 위에 얹는다. 그는 무엇보다도 자신의 황폐해진 얼굴 위에서 그녀의 시선을 더 이상 느끼고 싶지 않다. 수면부족으로 인한 눈의 따가움에 대해서는 의학적 설명이 없다고 그녀는 확인해주었고, 그가 온통 연기와 가스로 가득 찬 지옥은 천식 환자에게 적합한 곳이 아니라고 말하자 미소를 지었다. 상담사는 책상 뒤 방구석에서 매트를 가져온다. 그는 처음에는 도우려 했지만 그녀가 거절했고, 그 이후로는 그녀가 손짓해서 부를 때까지 기다린다.

상담사에게 가는 한, 그는 구원을 구한다. 구원의 약속은 언젠가는 예전처럼 잠들리라는 것이다. 상담사는 그를 마치 우연인 양 은근히 쳐다보지만, 그는 그녀가 감정하고 있음을, 외모, 자세, 몸짓을 판단하고 있음을 안다. 수면장애의 표시를 그녀보다 더 잘 읽어낼 수 있는 사람은 없다. 기민성과 자제력이, 지나친 흥분이 야기한 잘못된 신호에 굴복하지 않기 위해 필요하다. 한쪽 눈초리로부터 갑자기 뭔가가 다가오다가 없어지더라도 움찔거리거나 뒤로 물러서지 않기. 스스로의 감각을 더 이상 믿지 않는, 죽도록 지친 사람의 자세. 끊임없이 도망치고 싶기 때문에 극도로 침착하기. 그도 입술과 입가가 갈라졌고, 구각염이라고 하는데, 기상학연구소가 있는 언덕을 올라갈 때 지금은 더 자주 사용하는 스프레이 때문이다.

그는 경보시스템 개선을 도와야 한다. 한 치의 빈틈도 없이 숲을 감시하는 일이다. 숲속에서 뭐가 자라는지 알아내야 하고, 각 토양층의 성분과 습도, 잡초층, 관목층, 나무층 등 초목계의 건조도, 그리고 숲의 호흡에 대해 모든 것을 알아내야 한다. 숲이 뱉어내고 들이마시는 공기가 무엇으로, 어떤 비율로 구성되어 있는지, 숲이 무엇은 보유하고 무엇은 변화시키는지를 알아내야 한다. 세계 어느 곳에서나 점점 더 많은 비용을 들인 관측소, 점점 더 높은 관측탑이 지어져, 오염물질의 흡수원이자 배출원인 숲을 평가한다. 중요한 것은 숲의 안녕이 아니라 인간의 안녕이다. 하층, 중층, 상층 대기권에서 인간은 숲을 관찰하고, 기구들을 들여보내고 멀리서 관측한다. 감시의 규모는 생각해보지 않는다. 어떤 인간도 모든 측정치를 조망할 수 없고, 정신적으로 그럴 수가 없고, 물리적으로도 이 측정치는 전체가 서술될 수 없으리라.

매트 위 당신의 몸을 느껴보세요. 몸의 어느 부분이 매트 위에 있는지, 몸이 얼마나 무거운지를. 몸을 매트 속으로 푹 가라앉히세요, 무게를 다 내려놓으세요. 그의 뒷머리는 열을 오래 저장하는 납 같다. 코, 목을 통해서 호흡이 흉곽 속으로 흘러 들어가는 것을 느껴보세요. 상담사가 복강, 골반, 다리에 대해 말하는 동안, 그는 그의 가슴 속에서 부르릉거리는 소리를 듣는다. 그는 책장을 관찰하고, 책 한 권이 위험하게 삐져나와 있다. 진단편람이고, 경량지로 족히 2천 쪽은 된다. 상담사는 다시 머리에 도달했다. 당신의 호흡을 눈과 비강 아래 부분에서 느껴보세요. 숨을 들이쉬고 내쉬면서 이마 쪽으로 주의력을 옮기세요. 상상해보세요, 상담사가 말한다. 두개골 아래의 느낌이 더 가벼워진다고. 그는 진단편람에 맞아 죽기를 소원한다. 그것이 명치 부위를 맞혀 마침내 숨이 멎기를.

그의 무릎 위, 빛을 내는 사각형 화면 속에는 지구관측위성의 궤도가 그려져 있다. 띠들에 감싸여 있는 지구, 나란히 겹겹이 이어지고 이어지는 연기 띠들. 감시는 정말 빈틈없을까? 늘 빈틈이 있다. 적어도 그는 여전히 그렇게 믿고 있다. 그는 한동안 지도 앞에 앉아 있다가 창가로 다가가서 몸을 굽혀 밖을 내다본다, 시선은 하늘로 향한다. 모니터 빛으로 인해 눈이 상했다. 그는 밖으로 나가고, 최대한 넓고 최대한 어두운 거리를 찾는다. 가만히 멈춰 서서 고개를 뒤로 젖히기 위해서다. 그는 오늘 밤에는 구름이 없을 것임을 안다. 그럼에도 불구하고 아주 적은 별만 보인다. 한동안 기다려 보지만 더 많아지지는 않는다. 무한은 우리가 이를 악물고 쫓으면 쫓을수록 더욱더 멀어진다.

하룻밤 내내 그는 연구소 건물에 있는 모든 프린터를 작동시켰다. 아침에 동료들이 출근하자 그의 사무실에 이르는 복도와 사무실 바닥이 빽빽이 종이로 덮여 있다. 그저 지구관측위성 세 개의 이번 주 치 자료일 뿐이다. 그는 산불감시 개선프로젝트에서 같이 일하기를 거절한다. 그가 원하는 것은 유토피아적이라고 사람들은 그에게 말한다. 숲과 함께 살아가는 다른 접근법, 즉 주민, 산림관, 산림지기, 산사람 교육. 정말로 산사람이라고 말했어? 기상학연구소는 앞으로 보험회사와 협업해야 한대. 위험요소들은 재평가되어야 하고 지금까지처럼 모든 손해를 보상할 수는 없다고. 그가 가끔씩 함께 서서 담배를 피우던 야간 수위는 마른하늘에 날벼락처럼 죽었다. 실제로, 그가 조사를 해보니, 그날은 구름 한 점 없는 날씨였다.

그는 야간 수위 자리를 맡겨달라고 청한다. 병가를 내는 것보다 이게 더 낫다고. 상관은 도대체 그가 수위실에 앉아 있는 것이 어떻게 보이겠느냐고 말한다. 하지만 안 그러면 사직하겠다고 그가 말하자 상관은 뜻을 굽힌다. 그 말고는 아무도 이 분야에 익숙하지 않다. 최근까지만 해도 산불은 이 나라에서는 뭔가 이국적인 것으로 간주되었다. 연구소 사람들은 그가 곧 이성을 되찾기를 바란다. 그의 등 뒤에서 사람들은 '번아웃burnout'이라고 말한다.

00:00 취침, 01:00 1 Tbl, 02:30 1 1/2 Tbl, 불면, 03:30쯤 기상, 05:00 다시 누움, 선잠, 06:00 기상. 23:00 취침, 00:30쯤 소등, 불면, 03:00 기상, 05:00쯤 누움, 06:00 기상. 00:00 취침, 2 1/2 Tbl, 01:00쯤 잠든 것으로 추정, 03:30 각성, 깬 채로 누워 있음, 05:30쯤 기상. 위도 48.1929 경도 16.361, Fl.wand, 05:30 퇴근, 누움, 06:30 기상. 23:30 취침, 2 Tbl, 02:00쯤까지 살짝 잠이 듦, 깸, 03:30 다시 누움, 불면, 05:00 기상. 00:00 취침, vmtl. 졸음, 04:00 기상, 05:00 다시 누움, 잠듦, 06:00 알람에 기상. 01:00 ZGB(취침), 불면, 04:30 기상, 위도 43.826 경도 6.507, FWI 〈 25, DMC+DC!, 더 눕지 않음. 0:00 ZBG, 3 Tbl, 05:00쯤 vmtl. 잠듦, 06:00 A. 23:00 ZBG, 00:00 소등, 03:00쯤까지 불면, vmtl. 졸음, 04:15 기상, 05:30 누움, 06:00 A. 00:00 ZBG, 1 Tbl, 깬 채로 누워 있음, 02:30 2 Tbl, vmtl. 선잠, 04:00 각성, 05:30 누움, 알람, 06:30 A. 23:30 ZBG, Tbl 미복용, 위도 43.826 경도 6.507, FWI 45, 깬 채로 누워 있음, 05:00쯤 vmtl. 잠듦, 알람, 06:00 A. 23:00 ZBG, 2 Tbl, 빨리 잠듦, 01:30 각성, 02:30까지 kein(없음) S, 기상, 전 지구적 화재강도 높음, 04:30 누움, 05:30 vmtl. 잠듦, 알람, 06:00 A. ZBG 00:00, 2 T, 05:00 각성, 05:30 A. 00:00 ZGB, 불면, 03:00 기상, 05:00 누움, 06:00 A. 23:00 ZBG, 불면. 23:00 ZBG, 3 T, 잠듦, 04:30 각성. 01:00 ZBG, 언제인지 모르지만 약간 잠, vmtl. 4시간, 08:00 A. 23:00 ZBG, 23:30 vmtl 잠듦, 04:00 기상, 05:30 누움, vmtl 1시간 수면. 23:30 2 T, 04:00 각성, 1일 총 FRP, EU+UK 〉 29. 00:00 2 Tbl, 01:00까지 선잠, 01:30

1 Tbl, 불면. NSW and ATC and West. Austr. 재앙적, 03:00 기상, 05:00 누움, 잠 오지 않음, 06:30 A. 03:00 ZBG, vmtl 잠, 05:00 기상, 43.000*ha*. 00:00 ZBG, 01:00 1 1/2 Tbl, 02:00 1 1/2 Tbl, 03:00~04:30 vmtl 잠시 졸음. 00:00 3 T, 06:00쯤까지 잠, 07:00 A. 03:00쯤까지 불면, 3 Tbl, 04:00쯤 기상, 06:00쯤 누움, 선잠, 06:45 기상, 23:00 누움, 02:00까지 불면, 3 Tbl, S 착각, 위도 48.294, 경도 16.681, 최고풍속 97, 05:45 기상, 00:00 누움, 2 T, 04:00쯤까지 잠, 06:00 기상, 23:00 2 Tbl, 불면, 00:30 각성, 01:00 2 Tbl, 선잠, 02:00 기상, 05:00 누움, 23:30 2 Tbl, 00:30 2 Tbl, 02:30 기상, 05:00 누움, 06:00 A, 알람. 03:00 기상, 05:30 누움, 06:30 기상, vmtl 선잠, 00:30 누움, vmtl 2.5시간 수면, 5 Tbl, 2시간 선잠, 각성, 23:00 2 Tbl, 00:30 2 Tbl, 03:30 기상, 05:50 누움, 06:00 기상, 02:00 퇴근, 위도 48 경도 16 FRP 9.28 confidence n, 02:30~06:00 vmtl 잠, kein S, 23:00 3 T, 00:30 vmtl 잠듦, 의식 없음, 06:00 각성, -9.7671 120.5579 FRP 436, -9.7693 120.5697 FRP 117,7, -9.7671 120.5635 FRP 290.8, GMR, 02:00까지 깬 채로 누워 있음, kein S, 00:30~02:00 vmtl 선잠, Vzwfl, 2 T, 기상, 04:30 누움, 05:30 기상, Fire Dist. Rekord borealis, GMR, kein S, 4 Tbl, 잠, 00:00 2 T, GMR, 02:00 3Tbl, Vzwfl, kein D kein S, 04:00 기상, Des., 00:00 누움, 01:00~03:00 vmtl 선잠, 기상, 위도경도 -8.35 -116.7 위도경도 -10.11 -123.35, 05:00 누움, 06:00 기상, Vzwfl, 2 T, k(없음) S, k S, k S, 3 T 00:00~05:00 의식 없음, 06:00 기상, k S, k S, Des.

그의 이마는 별이 총총한 하늘, 숨을 쉴 때마다 넓어진다. 들이쉬면 하늘은 더 넓어지고 내쉬면 더 작아진다. 땅속 벌레 같은 가련한 인간, 깊은 땅속에서, 산소는 점점 적어지고, 열기는 점점 더해지고, 휘파람 소리는 점점 낮아진다. 그는 극심한 호흡곤란을 겪으면서 병원에 누워 있고, 나는 아주 큰 판형에 조그만 글자로 된 수천 쪽에 달하는 책에서 내가 그를 찾아낼 수 있는 장소를 찾아본다. 그 장소의 이름을 읽기만 하면 나는 당장 알아볼 것이다. 나는 서둘러 책장을 넘기고 동시에 내 기억 속에서 그 이름을 찾는다. 이중천자 하나, 유성음 하나, '동East'과 '서West'가 있음을 나는 알고 있고, 짙은 검은 연기로 뒤덮인 지역이다. 그가 늘 이탄화재지역으로 가지만 않았더라면. 슬픈 불은 폭력으로 질러진 불이다. 그런 불은 불이 일어나지 않을 지역에서 자신의 의지와는 반대로 탄다, 아이가 자신에게 가해진 잔인함을 다른 사람에게 다시 전달하지 않을 수 없듯이. 누군가는 그 불에도 공감해야 한다. 누군가는 슬픔을 견뎌야 한다. 가장 슬픈 불은 원시림 화재다.

그는 몸을 쭉 폈고, 나는 그 옆에 눕고, 정적 속에서 그가 숨을 내쉴 때마다 낮은 휘파람 소리를 듣는다. 넌 스프레이를 써야 해. 그리고 담배도 끊어야 해. 그는 내 쪽으로 얼굴을 돌린다. 우리 둘은 호흡이 너무 짧고, 둘이 함께 있으면 호흡을 조금 연장할 수 있다. 우리는 더 깊이 가라앉기 위해서 서로의 어깨를 잡는다. 아가미는 인간의 허파가 공기에서 얻는 것보다 더 많은 산소를 물 아래서 흡수할 수 있다. 역류교환은 두 개의 서로 반대되는 혈류가 반투과성이고 서로서로 필요한 것을 공급할 수 있음을 의미한다. 숨을 들이쉬는 것은 높은 휘파람 소리, 숨을 내쉬는 것은 낮은 으르릉거림이다. 다성의 쌕쌕거림. 입에서 후두를 통해 그리고 흉곽을 통해 등으로 숨을 들이쉬기. 견갑골과 폐엽이 나란히 올라갔다가 내려간다. 숨을 들이쉬면 복벽이 둥글게 솟아오르고, 복벽을 향해 다가오는 천골과 결합되었다가, 숨을 내쉴 때마다 다시 떨어진다. 상체 앞의 두 손은 공기를 모아 입술로, 목구멍으로, 기관지로 보내고, 늑골궁이 커진다.

서부 누사틍가라Nusa Tenggara와 동부 누사틍가라. 주불은 수마트라 동부 지방들로 이동했다. 거기는 예전에 거의 불이 나지 않았기 때문에 진화에 투입할 인력과 장비가 거의 없다. 상부 토양층의 건조도는 원시림에서는 거의 있을 법하지 않은 수치에 도달했다. 매일 새로운 암적색 사각형이 추가되고, 다른 사각형들도 선홍색과 주황색으로, 그 후 노란색으로 변한다. 유럽인의 지도 위에서 이 사각형들은, 불이 7일 이상 지속되면, 파란색이 된다. 하지만 이는 강도에 대해서는 아무것도 말해주지 않는다.

아침이면 나는 집으로 들어가는 현관문 옆 침실 쪽 담벼락에 기대놓은 의자에 앉아 있다. 내 위의 머루나무 안에 둥지를 틀고 풀밭에서 먹이를 찾는 검은지빠귀를 바라본다. 초록색 플라스틱 빨대를 오른쪽 입꼬리 안으로 밀어 넣고 거의 차가워져버린 커피를 잔에서 빨아들인다. 아침 태양이 꿈들을 비추도록 충분히 오래 바깥에 앉아 있은 후, 나는 안으로 들어가고, 눈이 부셔서 아무것도 보지 못한 채로 부엌 탁자에 앉아 메모를 한다. 누군가가 창을 두드렸고 나는 잠에서 깨어 내 위쪽에서 팔꿈치를 보았다. 지금 글을 쓰고 있는 손은 왼쪽으로 뻗어 있었고, 오른쪽 어깨는 매트리스에서 들어 올려 머리와 목과 함께 벽 쪽으로 돌린 채였다.

외부로부터, 막힌 창을 두드리는 소리, 가벼운 기왓장이 두꺼운 돌에 부딪히는 소리다. 방이나 집으로 들어가기 전에 손마디로, 연속해서, 다소 리듬을 주어가며, 환영받으리라는 확신을 가지고 똑똑 두드리는 것이 아니다. 공손한 두드림이 아니다. 관목 숲으로부터 집의 외벽 쪽으로 뭔가가 휙 지나간다. 주먹을 쥐고 한 번 두드리고는 손가락 끝이 미끄러진다. 서두르면서 긴급하게. 그리고 재빨리 자신의 그림자를 다시 더 큰 어둠 속으로 사라지게 한다. 무엇이 나를 깨웠는지 몰랐으므로 나는 다시 잠으로 가라앉았다. 지금 기억이 난다.

부엌 탁자를 떠나 중정으로 나가 정문으로 간다. 나무 빗장을 푼다. 이어 진입로 위에 서서 거리 이쪽저쪽을 바라본다. 풀밭을 조금 걸어 집 외벽으로 간다. 막힌 창의 외부를 쓰다듬고 두 손을 그 위에 펼친다. 이 부분의 벽은 오래된 주변의 벽보다 더 매끄럽다. 외벽을 따라 계속 걸어가 모퉁이를 돈다. 지붕 아래까지 나무딸기 울타리가 자랐고 곧 집을 뒤덮기 시작하리라. 나는 부엌 창문을 보기 위해 가시가 난 덩굴을 한옆으로 민다. 나무딸기와 딱총나무 덤불은 다른 덤불들과 함께 뚫고 들어갈 수 없는 숲을 이루고, 그 뒤에는 내가 저녁마다 바라보는 풀밭이 숨겨져 있을 것이다. 가시가 없는 관목이 우세한 한 지점에서 나는 이미 누군가 개구멍으로 사용한 적이 있는 무릎 정도 높이의 통로를 발견한다. 자동차 엔진 소리가 들리지 않는다는 사실이, 내가 뿌리와 가지 들 사이를 뚫고 들어갔을 때, 새삼 주의를 끈다. 하지만 여기에는 덤불 속이면 꼭 살고 있는 새들도 없다.

내가 여태껏 보지 못한 구역이다. 작은 숲이라고 나는 생각하지만 나무는 보이지 않는다. 군데군데 허리 높이까지 올라오는 풀숲을 거닌다. 풀들 사이에 있는 양치식물들은 이 쨍쨍한 여름 더위에 전혀 성장할 수 없고, 심지어 건드려도 살랑거리지 않는다. 식물이 높이 자란 곳은 땅이 평탄하지 않고 내 두 발은 작은 융기들, 눈에 보이지 않는 선들을 감지한다. 버섯이 자라지 않는 나뭇등걸의 검은 잔해. 비단처럼 매끄러운 표면, 석탄 먼지가 내 피부 위에 막을 씌운 땀과 결합한다.

세상에 나온 이후로 그는 불을 관찰했다. 파란빛이 자연적인 불꽃에서 차지하는 비율은 높지 않고 대개는 붉은빛과 노란빛의 비중이 더 크다. 공기가 충분히 공급되는 가운데 나무가 타면 불꽃은 기름지고, 황금빛이고, 하루 중의 시간에 따라, 태양 빛의 정도에 따라 반투명에 이를 정도로 빛이 난다. 나는 한 손으로 두 눈 위에 차양을 만들고 먼지가 낀 창유리를 통해 안을 살핀다. 나는 관리실로 가는 열쇠가 없다. 있다 해도 그것은 찬장에 있는 다른 열쇠들 가운데는 없을 것이다. 내부는 어둑어둑하고, 나는 상자들과 술통들, 벽에 붙은 목제 선반, 탁자, 한곳에 몰아넣은 도구들을 알아본다. 창문 옆 구석에는 타일로 만든 벽난로, 뒤쪽에는 어떤 윤곽 하나, 사료나 낟알, 씨앗 자루 또는 선원용 배낭, 여행용 가방. 웅크린 형상 하나. '둥지 틀기'라고 여기 사람들은 말한다. 사람들은 누군가가 아무도 모르게 여기에 정착할까 봐 끊임없이 걱정한다.

내가 짚었던 벽에는 손가락 끝으로 찍힌 검은 자국들이 남고 나는 몇 걸음을 걸어 중정 한가운데로 간다. 하루의 이 시간에는 태양이 동쪽 벽 위로 넘어오면, 그 빛이 열려 있는 현관문을 통해 곧장 부엌으로 들어온다. 안으로 열리는 침실 창문을 통해 나는 정리되지 않은 침대를 바라본다. 서랍장의 대리석 상판 위에는 스카프가 놓여 있고, 거울은 환한 평면이다. 욕실에서 나는 요오드팅크를 윗입술, 아랫입술 안과 밖에 바르고 또 오른쪽 팔꿈치에 난 긴 생채기에도 바른다.

외롭지 않아? 안드레아가 묻는다. 나는 쥐가 쥐구멍으로 사라지는 것을 보고, 부인하는 소리를 낸다, 두 번 짧게. 시골에 있다는 것이 얼마나 큰 행복인지. 나는 동의하는 소리를 낸다. 하루 종일 뭐 해? 아무것도 안 해. 가능하면 입술을 움직이지 않고 소리를 죽여 말한다. 그녀가 경악하는 소리를 듣는다. 얼굴 근육을 거의 긴장시키지 않는 웃음이 있다. 그것은 흉곽에서 오고 목구멍을 넘어 굴러서 입천장 뒤쪽을 간질거리는 둥글고 높은 소리다. 나는 웃는다. 그렇군. 안드레아도 지금 웃는다. 나는 전화기를 귀에서 조금 더 떨어뜨린다. 나는 점점 예민해진다. 그녀는 나를 한번 방문하도록 해보겠다고 말한다. 나는 나의 소리를 낸다. 휴가는? 발언을 최대한 꼭 필요한 것으로 제한한다. 내가 예전에 대화에서 말했던 대부분은 이제 더 이상 아예 떠오르지 않는다. 그렇게 간단치는 않아, 안드레아가 말한다, 하지만 약간 진전이 있었어. 우리는 많은 이야기를 나누었어. 바스크 지방, 그곳에서 그는 물 만난 물고기거든.

내 발치 구멍에서 쥐가 나오더니 풀밭을 가로질러 가버린다. 정말로 좋은 오후였어, 안드레아가 말한다. 나 혼자였거든. 우선은 미술관에 갔고, 그 후 아름다운 광장에서 술을 조금 마셨어. 거기서 역시 혼자 앉아 있던 어떤 남자와 대화를 했고, 대화에 끼어든 웨이터와도 이야기를 나누었어. 그들은 내 스페인어가 완전무결하다고 했어. 나는 그가 거기에 없는 게 좋았어. 나는, 안드레아가 말한다, 두 시간 동안 그를 생각하지 않은 것 같아. 그녀는 자주 그 순간을 회상한다. 스스로가 얼마나 강하게 느껴졌는지를. 그녀의 상담사는 이를 아주 의식적으로 하라고 조언했다. 쥐는 되돌아오고, 잠시 머무르다가, 위험을 감지하고, 굴속으로 사라진다. 이 말이 NLP(자연어처리)처럼 들린다는 걸 나도 알지만 우리의 뇌가 그렇게 작동하도록 되어 있다. 그사이 난 아주 분명히 알게 되었어, 안드레아가 말한다, 나 자신이 누군가와 친해지는 데 문제가 있음을. 하지만 그가 거리를 유지하는 한, 나는 그걸 그의 탓으로 돌릴 수 있어. 웃음. 나는 안드레아의 말에 귀를 기울이고, 쥐를 관찰한다. 쥐는 다시 쥐구멍에서 나타났다. 추측건대, 쥐는 새끼들을 내 발에서 몇 발자국 떨어진 땅속 집안에 숨겨두었으리라. 안드레아는 입을 다문다. 슬퍼? 나는 그녀가 담배에 불을 붙이기 위해 움직이고 연기를 내뿜는 소리를 듣는다. 너무 피곤해, 그녀가 말한다, 가끔씩. 곧 그녀는 나가야 한다. 네 생각 많이 할게. 잘 지내. 나는 동의하는 소리를 낸다, 부드럽게, 울림이 되도록 여러 번 연달아서.

나는 빨간 수화기 버튼을 누른다. 전화기가 꺼지도록 한 번 더 길게 누른다. 전화기를 벤치 위 내 옆, 건포도와 해바라기씨가 담긴 절임용 유리병 옆에 놓는다. 해바라기씨는 마지막 남은 것이다. 그중 몇 개를 나는 쥐구멍 앞에 뿌린다. 일몰 후인데도 언덕 뒤에서는 아직 빛이 내비치고, 여러 시간 동안 온통 빛을 흡수했던 대기에서도 빛이 새어나온다. 쥐구멍에 그늘이 드리운다. 잘 자. 나는 구강 그리고 내부의 상처를 백포도주로 식힌다. 오늘의 마지막 담배에 불을 붙인다. 폐 속에 연기를 머금고 있다가 천천히 봉합선 사이의 좁은 틈으로 새나가게 한다, 어지러워질 때까지.

어둠 속에서 나는 풀밭으로 나간다. 거기서 나는 내 발밑의 땅을 볼 수 없고, 땅의 중력이 좀 덜 작용하고, 나의 팔다리는 조금 더 가볍게 느껴진다. 앞으로 뻗은 두 손은 분명히 알아볼 수 있다. 기상학연구소는 빛 공해를 줄이려고 노력하고, 본관으로부터 뒤편 부지로 이어지는 오솔길은 무릎 높이의 램프들로 아주 약하게만 밝혀놓았다. 그는 탁 트인 어두운 평지를 지나 관측탑으로 간다. 한 손으로 가는 쇠막대기 난간을 잡고 10개의 가파른 계단을 5번 올라간다. 발걸음은 가볍게 비계를 흔들고, 돌풍이 불 때마다 몸이 흔들린다. 그는 아래를 내려다보지 않고 높이 올라가 플랫폼에 도달하고 그 한가운데, 기구들 사이에 자리를 잡는다. 이 공중의 공간에서 유일하게 확고한 접촉점은 그의 발아래에 있는 철망이다. 뇌는 기준점을 찾는다. 눈을 통해서 먼 불빛들로 방향을 잡고, 날씨나 달의 위상에 따라 여기서 지평선을 의미하는 선들로 방향을 잡는다. 어두운 밤에는 방향 감각이 없어지고, 머리를 아래쪽으로 땅에 박아야 할 것 같은 기분이 드는 일이 생길 수 있다. 오늘은 어두운 밤은 아니고, 구름이 8분의 2 끼었고, 달은 3분의 2 차 있다. 동쪽에 능선이 선명하게 보인다.

눈에 보이지 않는 발로 아무 소리도 내지 않는 발걸음을 뗀다. 나는 부엌 탁자에 앉아 기록하는 일을 하지 않고, 어둠 속에 서 있다. 그러다 눈 버린다고 사람들은 아이들에게 말한다. 욕실은 환하고 벽과 타일의 흰색은 전등 불빛을 더 강화한다. 나는 손거울로 입술을 살펴본다. 봉합선은 딱지에 덮였다. 조심스럽게 두 손가락으로 아랫입술을 이리저리 움직여보고, 마침내 액체가 조금 나와서 상처를 적신다. 불을 끈다. 두 손은 차가운 대리석 상판, 비단 스카프를 발견하고, 거울을 더듬어 올라가고, 침대에 눕기 전에 스카프를 거울의 나무틀과 벽 사이에 단단히 꽂는다. 어둠 속에서 늘 뭔가 익숙한 것을 식별해내려는 두 눈은 챙이 넓은 밀짚모자를 발견한다, 두 문 가운데 하나 옆에 있는 밝고 둥근 얼룩. 직사광선은 피하세요, 의사가 말했다, 흉터가 생깁니다.

대개 나는 정문을 통해 성을 떠난다. 더 이상 빗장도 지르지 않는다. 대문짝을 움직일 수 있는 바람은 없다. 아무도 마주치지 않고, 문이나 창이 열린 집도 없고, 많은 집들이 커튼을 롤러블라인드로 대체했고, 롤러블라인드는 움직이지 않는다. 몇 안 되는 자동차들이 달리고 있고, 휴일에 밭에서 일하는 사람은 없다. 기계의 굉음이 없는 풍경. 나는 지도에 나와 있지 않은 농로를 따라, 숲 언저리를 이리저리 돌아다니고, 옥수수밭과 수확이 끝난 그루터기 밭 사이에서 사람의 손이 닿지 않은 좁고 긴 지대를 알아보고, 초록색 풀 아래 물이 있겠다고 추측하고, 가까이 가자 물소리를 들을 수 있다. 관목들, 풀과 나무들로 뒤덮인 시냇물이다. 조금 덜 우거진 지점으로 몸을 밀어 넣자, 반대편에서 어린 오리들이 날아오르고 소란스럽게 한 나무의 아래쪽 가지들 위로 도망친다. 내 아래에는 좁은 도랑을 낸 물, 내 뒤에서 풀과 갈대들이 바스락거리면서 일어선다.

토끼 한 마리가 그루터기 밭 위로 달아난다. 나는 밭가의 풀 덮인 길 위에 앉았고 개꽃과 개양귀비가 엉켜 자라 한 다발이 되어 있다. 개미들이 내 다리에 따가운 붉은 점들을 남긴다. 나는 바지 주머니에서 엉덩이를 누르던 손바닥 크기의 노트를 꺼낸다. 나는 지금까지 단 한 대의 카메라도 발견하지 못했다. 안전하다는 느낌을 주기 위해서는 표지판만으로 충분하다고 사람들은 말한다. 아니면 사실 뭔가 다른 의도인지 모른다. 잊지 마라, 숲은 사유재산이고 화재는 재물손괴를 의미한다. 새로운 기구들이 있고, 그것들이 제공하는 자료를 기상학연구소는 이용하려 한다, 어떻게 감당해야 할지 알지도 못하면서. 사람들은 이 기구를 '툴tool'이라고 부른다. 이 플라스틱판은 책보다 크지 않고, 잘 위장되고, 다양한 숲 유형에 맞추어 다양한 사양을 갖고 있다. 제곱킬로미터당 한 대씩 공기의 습도, 온도, 성분과 오염물질 농도를 측정한다. 게다가 밖에서는 보이지 않는 소형카메라가 일정한 시간차를 두고 관찰 방향을 자동으로 바꾼다.

나는 뒤에서부터 성에 접근한다. 주위 비탈 가운데 하나에서, 언덕 꼭대기에서 눈으로 성을 보며 거리들, 농로들, 밭둑들, 밭들을 지나 마지막 숲에까지 이르는 경로를 하나 확정한다. 이 숲은 나를 뒷문 앞 풀밭으로 곧장 데려가줄 것이다. 나는 가능하면 오래 위에서 머물고, 길을 확인해가면서 재차 전망점을 찾고, 성이 더 이상 보이지 않을 정도로 가까이 다가간다. 나는 언덕들의 모양, 그 등성이의 굴곡, 다양한 식생과 개별 나무군락지의 배치를 기억 속에 저장해놓았고, 빛이 새어나오는, 나무줄기들 사이의 밝은 지점도 이해했다, 숲의 밀도와 후방지대를 추론하기 위해서.

하지만 마지막 숲에서 나는 온통 헛다리만 짚는다. 조금 덜 우거진 지점에 출구가 있으리라 추측하면 어두침침한 침엽수 보호지역에 와 있고, 덤불을 기대하지 않은 곳에서 덤불이 나타난다. 한번은 뜻밖에도, 키 작은 자작나무와 쇠뜨기가 자라고 있는, 늪과 같은 지점에 들어섰다. 다시 온다 해도 찾지 못할 곳이다. 여기서는 아무것도 다시 알아볼 수가 없을 것이다, 매번 예기치 않게, 주변을 돌아보면 갑자기 나타나는 너도밤나무 숲만 빼고는. 땅은 수백 년 동안 여기서 자란 떡갈나무의 흔적을 아직도 간직하고 있다. 여기서 나는 풀밭으로 나오고, 제일 먼저 우산소나무의 높은 우듬지를 보고, 이어서 수양버들, 자색너도밤나무, 뒷문, 나무딸기 울타리를 본다. 과수원 바깥에는 말라죽은 야생 사과나무, 통로.

한때 경계를 짓던 담벼락을 무너뜨린 비바람과 나무딸기 울타리가 문 하나, 창문 하나만 있는 작은 집도 무너지게 했다. 집 내부에는 소박한 나무탁자 하나, 벤치 두 개, 간이침대 하나, 아궁이 딸린 가마, 투명한 액체가 흘러나오는 유리관들이 있다. 저녁에는 불이 타올랐다. 한밤중까지. 밤은 불의 요소임을 그는 어려서부터 알았고, 사람들이 4원소에 대해 들려준 이야기, 낮도 밤도 여기에 속하지 않는다는 이야기도 이 사실을 바꿀 수는 없었다. 나중에 그는 원소들에 관한 옛 학설은 이미 폐기되었고 불은 오래전에 화학반응으로 강등되었음을 배웠다. 그는 원소주기율표를 배웠고, 식생화재는 낮에 가장 집중적으로 탄다는 것을 배웠으며, 그럼에도 은밀히, 불이 밤에 속한다는 자신의 믿음을 간직했다.

연기가 온기를 준다고 사람들은 말했고 서리가 내리면 나무 아래 외바퀴수레를 내놓고 나뭇조각들로 채웠다. 천천히 타면서 많은 연기를 내도록 최대한 축축한 조각들로. 아이는 과수원 오두막 문턱에 앉아 망을 보았다. 아직 작고 너무 연약하다고들 했다. 그리고 아무도 그 아이가 침대에 누워 있지 않고, 너무 추워지자 자기도 몸을 데우려고 나무 아래 외바퀴수레 옆에 나와 앉아 있음을 몰랐다. 연기는 자욱하게 아이를 감쌌지만 이 얼음장 같은 밤에 온기를 땅에, 나무들에 붙잡아두기에는 여전히 충분치 않았다. 서리는 예상보다 더 강하게 내렸고, 그해 체리 수확은 빈약했다.

자존감이 중요해, 안드레아가 말한다. 나는 전화기를 왼쪽 귀에 대고 있다. 땅굴 입구 앞 아주 작은 빵 부스러기들. 내 말 이해하겠어? 그녀는 답을 기다리지 않고 내 말문을 막았고 난 더 이상 이야기할 필요가 없다. 나의 질문하는, 수긍하는, 기다리는, 진정시키는 소리들이면 충분하다. 안드레아는 절대 내가 낸 어떤 소리를 자신이 제대로 이해했는지, 다른 소리는 무슨 의미로 낸 건지 재차 묻지 않는다. 나는 나의 작은 삶이 어떤 의미를 가진다고 믿어야 해, 안 그러면 난 더 이상 아무것도 못해. 안드레스는 가버렸어. 그가 한 번도 같은 도시에, 심지어 같은 나라에 살지 않았긴 한데 그는 지금 더 이상 여기 없어. 쥐가 나타나 사방으로 냄새를 맡고, 입구, 구멍의 벽, 평소 망보는 경사로를 다지는 일에 착수한다. 아니면 난 잃어버릴 거야, 삶의 의지를. 나는 안드레아가 담배에 불을 붙이는 소리를 듣고 내 담배를 빨아들인다. 연기는 약간 따갑고 윗입술의 얇은 새 피부 아래에서 피가 두근거린다. 나는 마지막 단어를 되풀이한다. 마치 생소한 외국어 단어를 처음으로 말할 때처럼 천천히 발음한다.

사람은 자기 자신을 대하는 방식대로 남한테 대접받는 거야, 안 그래? 안드레아는 새 담배에 불을 붙인다. 불안이 커지면 나는 그녀가 눈앞에 보인다. 그녀는 일인용 소파에 앉아 있고, 등받이, 팔걸이와 앉는 부분으로 된 틀 속에서 한동안 가만히 있을 수 있다. 자리에서 일어서자마자 그녀는 뭔가 정리를 시작한다. 할 일을 발견하지 못하면 천, 위팔, 옆구리를 쓸어내린다, 치마의 주름을 펴듯이. 그녀가 어떤 공간에서 한가운데 있으면 있을수록, 모든 물건들이 그녀에게서 멀리 떨어져 있을수록, 상황은 나쁘다. 그러면 그녀는 두 손을 깍지 끼고 비비기 시작한다. 맞아, 나는 말한다. 그녀가 다시 한번 연기를 내뱉고 담배를 재떨이에 비벼 끄는 소리를 듣는다. 고마워, 그녀가 말한다. 말을 하니까 훨씬 좋아졌어. 나는 전화를 끊고 전화기를 벤치 위에 내려놓고, 안드레아가 거기 앉아 있다고 상상한다. 그동안 빛은 더 적어지고, 쥐는 다시 한번 떠났다가 돌아온다. 그리고 우리 둘은 아무 말도 하지 않는다.

소리가 들렸다는 기억, 이번에는 유리 위다. 입천장에서 떫은맛이 난다. 말하기 금지. 실밥이 살짝 당긴다. 돌아보니, 서랍장에는 반사광이, 대리석 상판 위에는 떨어진 비단 스카프가 있다. 중정으로 난 창의 두 문짝을 활짝 열고 어떤 움직임을 쫓아 진입로 쪽으로 머리를 돌린다. 뭔가 하얀 것이다. 밝음이 중정을 가득 채우고, 태양이 더 높게 솟아오를수록 밤의 잔재는 물러난다. 나는 욕실에서 요오드팅크를 충분히 떨어뜨리고, 녹 빛깔의 액체를 안팎으로 펼쳐 바른다, 상처보다도 더 넓게.

그는 불꽃을 보아도 흠칫 뒤로 물러서지 않는다. 대부분의 사람들이 맨 처음 통증을 경험했을 때 했던 이 동작을 반복하는 것과는 다르다. 예나 지금이나 그에게 동작은 통증에 뒤따라오고, 손을 뺄 때도 그렇다. 동물들과 지내다 보면, 과격한 몸짓은 피해야 함을 배우게 된다. 동물들이 내는 소리를 분간할 수 있고, 쉭쉭 소리는 소곤거리는 소리는 다른 것이다. 붉게 이글거리는 장작들을 훨씬 더 안쪽으로 집어넣기 위해 난로 아가리 안으로 손을 뻗지 않도록 주의해야 한다. 주의하지 않으면 그는 오른손으로 타는 듯이 뜨거운 뚜껑을 밀어 난로 아가리를 덮을 것이다, 부지깽이는 마치 그가 모르는 쓸모없는 물건인 양 왼손에 들고서. 그는 모닥불에서 감자를 꺼내려고 맨손으로 잉걸을 헤집는다. 보통 사람들이 음식을 탁자 위에 내던지지 않는 것처럼 그는 나뭇조각, 가지 들을 안전거리를 두고 서서 던져 넣지 않는다. 이때 소매가 그슬리거나 불이 붙기 시작하는 일이 일어날 수도 있고, 그의 셔츠란 셔츠는 모두 소맷부리에 검게 그을린 가장자리나 둥글게 탄 부분이 있다. 그렇지만 그는 이미 오래전부터 더 이상 모닥불 옆에 앉아 있지 않고, 여가시간의 오락을 위해 불을 지피는 것을 혐오한다. 생존을 위한 수단일 때만 모닥불은 정당성을 가진다, 몸을 따뜻하게 하고, 양분을 섭취하고, 야생 동물에게서 자신을 보호하기 위해 꼭 필요한 경우에만.

그가 지키는 오래된 불문율이 있다. 그는 화재가 어떻게 발생하고 어떻게 진행되는지를 안다, 가끔씩 자신의 가연성 육체를 잊어버릴 뿐. 가벼운 화상은 피부가 기이하도록 매끈한 부위들이다. 깊숙한 화상은 울퉁불퉁하다. 베이거나 꿰맨 흔적이 없는 흉터들. 그의 두 손은 외과수술 흔적 없이 화상을 입을 때마다 변한다, 날씨와 기후로 인해 바위와 땅이 끊임없이 새로 형성되듯이. 넓은 화상 부위가 있고, 거기서는 나중에 생긴 더 작은 화상 자국을 알아볼 수 있다. 뭔가를 던져 넣으면 일렁이는 매끄러운 물의 표면 같다. 내 입술에도 흉터조직 속에 또 흉터조직이 생긴다. 아물려 했던 상처가 계속 다시 벌어지기 때문이다. 새 피부조직은 일부 남아서 중간층이 된다. 퇴적되는 침전물.

그의 오른손 손가락 끝은 너무나 자주 불에 데어서 지문이, 사람들이 말하듯이, 더 이상 돋아나지 않았다. 그가 검댕이 묻은 오른손 손가락들을 밝은 색 표면 위에 누르면, 양각 없이 검은 불완전한 원들만 찍힌다. 그의 손바닥에는 운명을 엿볼 수 있다고들 하는 손금이나 주름이 없다. 거기에는 메마른 호수들이 있고, 밀면 파도가 일렁인다.

그의 두 손은 불을 이야기하고, 오른손은 왼손보다 더 말이 많다. 흉터는 층층이 쌓이고, 서로 겹치고, 화재지도와 달리 어떤 시기를 선택하고 나머지는 사라지게 할 수가 없다. 그의 두 손 위에서 사건들은 용해되어 단 하나의 표면이 된다. 가장 오래된 화상 부위는 어린 시절, 갓 청소년이 되었을 때의 것이다. 그때 불은 어디에나 있었고 야외에 있었다. 그 위의 화상 자국은 그 이후 그가 사람들이 낙후된 지역이라고 부르는 곳에서 보낸 시절의 것이다. 문명화는 야외에서 불이 사라진 정도에 따라 측정된다. 무서운 것은 눈에 보이지 않는 불, 한번 점화했으면 주의를 기울여야 하는 불이다. 가축을 잘 돌보아야 도망치지 않듯이. 이 불과 싸우면 불이 복수를 할 것이다. '파이어파이터fire fighter', 영어로는 이렇게 말한다.

벌써 오래전부터 그는 모닥불도, 아궁이도, 횃불도 없는 불행한 도시인이다. 그가 늘 손등 위에 달고 다니는, 막 불에 데어 생긴 수포는 뜨거운 냄비나 작고 푸른 불꽃에서 생긴 것인데, 가스레인지가 집에서 키워도 되는 유일한 불이다. 오른쪽 팔 안쪽에 커다란 반창고가 막 생긴 상처 위에 붙어 있다. 그는 가스레인지 앞에 서서 뒤쪽 화구에 얹힌 냄비를 저었다. 그리고 한참 뒤에야, 오른팔 아래에 있는 앞쪽 화구에서도 똑같이 불이 타고 있음을 알아차렸다.

성에 누군가가 둥지를 틀었다는 신고가 구청에 들어왔다. 숙박업 신고는 없다. 소유주와 연락이 닿지 않으면, 뭔가 조치를 해야 한다. 나는 어두운 중정을 지나 귀가하고, 관리실에서 불빛이 보인다. 자동차 전조등처럼, 내가 닫혀 있는 정문 쪽을 돌아보자 벌써 획 지나갔다.

세상 도처에서 이 순간 불이 태어난다. 낙엽 아래, 깊은 숲속, 텅 빈 나무 밑동 속에 숨어 있던 불씨에서. 작은 불꽃 하나가 옷장 뒤, 기계 상자 안 어둠 속에 숨어 있던 전선에서 태어난다. 밝은 한낮, 초가지붕 속에 꽂혀 있다가 잊힌 초승달 하나. 아이 하나가 성냥으로 가늘고 메마른 잔가지들에 불을 붙이고, 가는 잔가지들로 더 두꺼운 나뭇가지에 불을 붙인다. 아이는 이 놀이를 벽난로 안에서만 해야 하고, 벽난로 밖에서는 불을 가지고 놀아서는 안 된다는 것을 안다. 어른들은 아이에게 불을 다룰 때의 규칙을 설명해주지만, 아무도 나중에 거기에 보태어, 어떻게 불꽃이 가마 아래 아궁이에서 탈출할 수 있는지는 말해주지 않는다. 아이는 불이 부당한 대우를 받았다고 생각하고 침묵한다.

잠자리에 들기 전 나는 중정으로 난 창의 덧문을 열어 어떤 것도 그 안에 갇혀 있을 수 없게 하지만, 내가 눈을 떴을 때 중정에서는 빛 하나가 이리저리 헤매고 있다. 자갈이나 밤에 피는 하얀 꽃 같은 반사광 하나가. 침실을 지나, 샛간을 지나. 부엌에서는 작은 창문으로부터 열려 있는 문을 향해 바람이 지나간다. 내가 문턱 위에 서서 중정의 하얀 패랭이꽃을 바라보자 꽃도 바람에 흔들리고, 그녀가 벌써 내 앞에 서 있다. 내 시선보다 빠르게. 우리 눈은 같은 높이에 있고, 그녀의 눈은 활짝 열려서 나는 몸을 가누기도 전에 그 속으로 빠져든다. 우연히 나는 손을 뻗어 문에 대고 있고, 문을 우리 사이에 두고 닫아버린다. 열쇠는 꽂혀 있고 나는 잠근다. 감사하게도 유리창 앞쪽에 천이 쳐져 있었다, 사람들이 가림막이라고 하는 것이다. 엉클어지고 위로 치솟은 머리카락. 엄마의 얼굴은 기억에 없다. 엄마는 그를 잠에서, 침대에서 잡아채서 데리고 갔다. 밝은 형상, 뭔가 하얀 것.

수위실에 있는 모니터 세 대는 건물 내부와 전면 전체의 CCTV 영상 열람 목적이다. 오른쪽 모니터는 미 항공우주국의 화재지도를, 중간 모니터는 유럽우주국의 화재지도를 보여준다. 왼쪽 모니터에서 그는 오스트레일리아와 조금 더 작은 여러 기타 지역의 화재지도를 교대로 본다. 모든 지도들의 언어는 영어지만, 그는 그 말고는 아무도 사용하지 않는 '포이어카르테Feuerkarte'라는 독일어 단어를 좋아한다. 그는 펼쳐진 지구 전체로 시작하는데, 이때 구름도 없고 표기도 없고 국경도 없는 모드, '블루 마블Blue Marble'을 선택한다. 가장 유혹적이고, 또 아주 조심해서 다뤄야 하는 방식이다. 위험은 숭고함에 있다. 그는 시선을 아름답고 광대무변한 세계 위를 돌아다니도록 하는데, 그 대부분은 화염에 휩싸여 있다. 적어도 암적색 사각형들이 이를 짐작하게 한다. 이 축척에서는 사각형들이 서로 합쳐져 넓은 면적을 이루고, 전 지역, 지방, 대륙 들을 덮고 있다. 암적색은 가장 최근의 불들이고, 6시간 이상 되지 않았다. 6~12시간 그리고 12~24시간을 보태면 컬러영상에 수많은 연한 빨간색과 주황색 사각형이 밀집한다. 유럽인들은 동일한 시간대에 보라색, 분홍색 그리고 빨간색 기호를 사용한다.

그는 모드를 바꾸어, 구름과 오염물질 연무를 떠다니게 하고, 이어 구름 아래 지역들을 확대한다. 그가 특별히 관심을 가진 지역들이 이제 지도학 기호들과 인간이 남긴 흔적들과 함께 나타난다. 초록색 띠인 보레알리스는 유라시아에서 북아메리카에 걸쳐 있다. 대개 인간들은 자신들의 존재가 이 침엽수림에 의존하고 있다는 것을 상상하지 못한다. 북반구에서 산불 시즌은 7월과 8월에 정점에 달하지만 이미 수년 전부터 이 기간은 늘어나서 전례를 벗어나고 있다.

화재지도에서 그가 지표면에 더 가까이 오면 올수록 개개의 사각형들은 서로 더 멀어지고 점점 더 많은 풍경을 노출시킨다. 초록색 갈색 톤들은 침엽수림에서 스텝까지 다양한 종류의 지표식물을 나타낸다. 보레알리스 대부분은 인간이 전혀 거주하지 않거나 아주 드문드문 거주하고, 그 때문에 사람들은 이 지역이 불타게 내버려둔다. 지면은 붕괴되고, 땅이 벌어져서 구덩이가 되고 분화구가 된다. 숲은 새로 자라지 않고, 고대의 풍경이 여기서 몰락한다.

작은 화살표로 그는 몇몇 암적색, 분홍색, 주황색 사각형을 선택하고, 해당 불에 대한 정보가 나타난다. 경도, 위도, 위성, 발견일시, 밝기, 열방출량. 그는 몇몇 지명을 복사하고 기사를 찾아보지만 그 후 읽지는 않는다. 기사들은 화재의 참혹상을 보고하고 게다가 늘 사진들도 있다. 하지만 불을 묘사할 줄 아는 인간은 거의 없다. 대부분의 사람들은 불을 보기에는 너무 겁이 많다. 위도, 경도, 위성, 기구, 발견일시, 밝기, 열방출량. 그는 대륙에서 대륙으로 움직이며 색색 사각형이 심긴 풍경들을 아주 멀리서 관찰하고, 이어 마치 땅 위에 한 발을 내디디려고 하듯, 최대한 가까이서 관찰한다. 위도, 경도, 위성, 기구, 촬영일시, 신뢰도, 밝기, 열방출량.

착각, 점점 더 가까이 다가가면 점점 더 많이 볼 수 있다는 착각과, 늘 다시, 풍경이 보이는 대신에 흐려지기 시작하는 순간. 부자연스러운 색의 화소, 더 자세히 살펴보면 훨씬 더 흐려질 뿐이다. 위도, 경도, 위성, 기구, 촬영일시, 신뢰도, 밝기, 열방출량, 낮/밤. 그는 해류에 따라 표류하면서 서쪽에서 동쪽으로 이동하고, 이어 북극으로 올라가고, 적도 방향으로 돌아오고, 늘 대서양 위의 유령불에서 끝난다. 이 불들은 관측기구를 바보로 만든다. 비정상적인 자기장은 프로그램에 기입될 수 없고, 불은 대양 한가운데서 계속해서 타오른다. 위도, 경도, 위성, 기구, 촬영일자, 밝기, 열방출량, 낮/밤, 신뢰도.

수위실에서는 기구들이 웅웅거리고 호흡은 낮은 휘파람 소리를 낸다. 그는 화재지도를 증오하듯 스프레이를 증오한다. 불이 난 곳을 살펴보기, 그리고 숨을 쉬기 위해 혈중 아드레날린 농도를 높이기. 뭔가 다른 일을 해보려고 고민한 적이 있나요, 그가 마지막으로 찾아갔을 때 상담사가 물었다. 다른 일요? 직업을 말하는 거였다. 불은 그에게 그가 필요로 하는 산소를 공급하고, 그는 내장 안에서 온기를 느낀다. 뭔가를 바꾸기에 절대로 늦지 않았다고 상담사는 말했다. 그의 메마른 기침. 우리는 오래전에 '파이로파이트pyrophyte'가 되었다. 우리는 연소 없이는 살 수 없고 그 때문에 몰락할 것이다.

오늘 아침 욕실 수도꼭지에서 가는 물줄기만 나오더니 곧 완전히 멎어버렸다. 부엌도 마찬가지였다. 나는 집 외벽에 기대 앉아 있고, 중정에서 재빨리 퍼져간 온기와 빛이 활짝 열린 문으로 들어온다. 검은지빠귀에서 시선을 돌려 관리실을 향한다. 거기서 한 사람이 아주 무거운 발걸음을 옮기며 자루로 뭔가를 나르고 있다. 풀밭 방향, 과수원으로? 나는 물어보려 하지만 그는 뒷문에 당도하기도 전에 사라져버렸다. 그리고 나는 만발한 패랭이꽃을 바라보고 그 앞에서 풀에 반쯤 덮인 둥근 시멘트 뚜껑을 본다. 그게 정말로 거기에 있다. 나는 온 힘을 다해 뚜껑을 들어 올린다. 물론 우물이 있다. 수도시설은 옛날에 아주 소수의 집에만 있었으니까. 아치 진입로 구석에서 나는 양동이를 발견하고, 이제 왜 거기에 밧줄이 묶여 있는지를 이해한다. 물은 놀랄 만큼 깨끗하다. 나는 얼굴을 씻고 입술에 꼼꼼히 요오드팅크를 바른 후 가게로 출발한다. 포도주, 건포도, 젬멜, 담배 그리고 1.5리터 생수 여러 병을 산다. 우리 수돗물은 그다지 좋지 않지요, 가게 주인이 잡지를 보면서 중얼거리고, 그동안 나는 물건들을 배낭과 다른 가방에 담는다. 수돗물 공급이 중단되었어요, 내가 말한다. 가게 훨씬 뒤쪽에서 나는 그의 아내의 목소리를 듣는다, 안녕히 가세요. 그리고 내 뒤에서 문이 닫힌다.

벤치 위 내 옆에 열려 있는 절임병에서 나는 나를 위해 건포도 한 줌을 집고, 두어 개를 뚜껑 안쪽에 올려놓았다. 그럼에도 불구하고 개미 한 마리가 계속 유리벽을 기어올라 안으로 들어가려고 애를 쓴다. 쥐구멍 앞에서는 쥐가 뭔가를 앞발 사이에 쥐고서는 갉아대고, 말벌은 조용히 건포도에서 아주 작은 조각 하나를 긁어서 잘라낸다. 나는 두 손바닥을 벤치의 거친 나무 위에 놓는다. 쥐가 사라졌음을 확인한다. 말벌도. 긁어대기 그리고 웅웅거리기도 멎었다. 늦은 오후의 시간들, 축적된 낮의 열기가 번쩍이는 갑옷을 입고, 풀밭 위 아지랑이를 뚫고 다가온다. 개미 한 마리가 내 손등 위로 달려간다. 나는 담배에 불을 붙이고, 연기는 상승하지 않고, 내게서 멀어지며 떨리는 공기 속으로 떠간다. 사이렌 소리가 침묵을 깨지 않고, 침묵에서 솟아오른다.

특히 아름다운 것은 밤중의 사이렌 소리다. 밤에는 도시 위로 소리가 퍼져나갈 공간이 있다. 아스팔트와 포석은 소리를 흡수하고, 집 벽들은 소리를 지붕 위로 높이 던지고, 음향은 도시 가장자리를 따라 경쾌하게 유희하고, 언덕을 올라 기상학연구소까지 올라오고, 그는 그 노래를 듣는다. 아래에서 사람들은 수백 개의 목구멍에서 나는 소리를 듣는다. 함께 축하할 일이 많다고 사람들은 말한다. 어두워지면, 해가 지고나면, 몇 시간 동안, 시원함은 없어도 온도의 역행이 일어나면, 사람들은 집밖으로 뛰쳐나오고 거리에는 노랫소리와 웃음소리, 울부짖는 소리와 날카롭게 내지르는 소리가 울려 퍼지고, 외치는 소리와 부르는 소리가 울려 퍼진다. 올해 초부터 모닥불과 야외 그릴이 도시 전 지역 그리고 교외에서도 엄격하게 금지되었다. 화재위험지도에서 나라 전체에 최고 단계가 표시되지 않는 것은 아직 일부 지역은 가장 깊은 지층에 일정량의 습기가 있기 때문이다. 발화 위험은 그곳에서도 최고다. 낙엽과 미세물질들, 초본층과 관목층은 불똥 하나로 불붙기 시작하리라. 전례 없이 기압이 높다. 모든 것이 전례가 없다.

우리 위도에서는 산불에 대처하는 법을 조상으로부터 물려받지 않았고, 집 안에서 불에 대한 기억은 소멸된 것이나 마찬가지다. 인간은 고기를 굽기 위해서 도시의 숲 지역까지 깊이 침투했다. 인간은 커다란 공원에서 사람의 발길이 닿지 않는 지점까지 찾아내고 발각되면 그다음 장소로 옮아간다. 그릴은 일부 주민들에게는 저항 행위가 되었고 다른 주민들은 이성과 책임을 이야기한다. 밤에는 헬리콥터들이 도시 위를 맴돌고 그는 그들이 찍은 항공사진이 보고 싶다. 금지된 불은 가능한 한 무성한 잎 아래 숨고 수관화재 위험은 높다. 불이 크면 클수록 불똥은 더 많이 날아간다. 인간은 주변 환경에서 가연성 물질을 치우고 불이 높이 솟아오르지 않게 해야 함을 모른다. 하지만 파괴력에 대한 태초의 지식은 갖고 있다. 정화작용에 대한 예감. 불은 변화시킨다. 불탄 것은 다시 붙지 않는다. 불탄 것에는 그 옛 구조가 남아 있지 않다.

거의 매일 밤 중상자와 사망자가 나온다. 불 때문만은 아니다. 어둠은 비상 사이렌의 소음과 청색 경보회전등으로 가득 차고, 공기는 울부짖음과 탄식으로 포만하고, 그 사이사이 뜻밖의 폭소가 솟아오르고, 아스팔트에서는 낮의 열기가 뿜어져 나온다. 아침에는 의식을 잃은 사람들, 맞아서 두개골이 깨진 사람들이 발견된다. 응급실에서는 청각이나 시각을 잃은 사람들이 도움을 청한다. 공원과 도시의 숲에서는 소방관들이 마지막 잔불을 끈다. 예전에 사람들은 불에 오줌을 누거나 침을 뱉으면 벌을 받는다는 것을 알았다. 태양은 검은 숯덩이가 된 지면과 갈색으로 그을린 나무우듬지 위에서 빛난다.

올해는 전에 없이 많은 익사자가 나왔다. 아마도 그들은 불타고 있는 섬에 가려고 물에 들어갔을 것이다. 도시의 역사에서 처음으로 도시를 따라 뻗은 섬에서 식물이 불탄다. 거리에는 노숙자들만 나와 있고, 다른 사람들은 냉방이 된 버스와 전철 안에 앉아서 거의 밖을 내다보지 않는다. 유리벽을 둘러친 접객용 정원과 테라스는 예전에는 온실이라 불렸는데, 이제는 냉방을 해야 한다. 강에 다가갈수록 도시의 영향력은 줄어든다. 여기에는 더 이상 가정집이 없고 대신 거대한 문들과 큰 공장들이 있다. 산업시설은 오래전에 가동이 중단되었고 배는 더 이상 화물을 싣지 않는다. 여러 골목길은 여전히 오래된 돌로 포장되어 있다. 말라버린 관목이 있는 온상. 그는 그 옆에 서서, 넓은 강 한가운데 길게 뻗은 평평한 섬을 바라본다. 태양이 가장 높이 떠 있는 시간에 불꽃은 거의 보이지 않고, 섬 위의 공기는 액체인 듯하고, 밝은 회색 연기를 보면 지표화재임을 알 수 있다. 나무판자 다리 하나가 물 위를 지나 섬으로 이어지고, 공기는 판자 하나하나를 건널 때마다 더 탁해진다. 그는 주머니 속 스프레이에 손을 뻗지 않고, 불에 가려 하고, 그것이 가능하다는 사실에 자신도 놀라지만, 결국 끝에 당도하자 철책이 앞을 가로막는다. 위험 경고와 처벌 고지. 그는 두 팔로 난간을 짚고 천천히 연기를 들이마신다. 그의 앞, 그의 아래, 섬.

사려 깊은 화재다. 불은 한정된 지역만이 자신에게 제공되어 있다는 것, 그리고 자신이 방해받지 않는다는 것도 아는 듯하다. 불은 온전히 자신을 위해 그리고 판자 다리 위에 서 있는 그를 위해 탄다. 불은 진화되지 않고, 소방관들은 다른 곳에서도 필요하다. 접근로는 차단되었고 불은 혼자서 다 타야 한다. 불이 옮겨 붙을 가능성은 적고, 가벼운 바람이 옮길 수 있는 불똥과 불타는 가지는 공기 중에서 다 타버리거나 강물에 떨어져 꺼질 것이다. 그는 한 팔을 뻗고 다른 팔도 내뻗는다. 몸을 덥히려는 것처럼 손바닥은 아래로 한다. 섬은 양 끝에서 동시에 불타기 시작했고 사람들은 방화라고 추정한다. 하지만 지금 상황에서는 불행한 우연도 고려해야 한다. 불과 맞불은 서로를 끄겠지만 둘이 어디서 만나든 섬 위에서 불에 탈 수 있는 것은 다 타버릴 것이다. 불은 서두르지 않고 서로를 향해 간다. 산책로와 자전거도로가 방화선으로 망을 이루지만, 불은 스스로 돌풍을 일으켜 아스팔트 건너로 불을 나른다.

너른 풀밭을 정기적으로 예초하거나 방목지로 써왔는데, 불은 풀잎을 하나하나 먹어치운다. 풀밭 전체가 조용히 훈소薰燒될 때까지. 땅을 돋운 섬 등마루에 빽빽하게 모여 난 관목들, 키 작은 나무들은 바람에 가장 많이 노출되어 있다. 붙을 붙이기가 가장 어려운 것은 물가에 인접한 포플러와 버드나무다. 가끔씩 불똥 하나가 우듬지에 불을 붙이는 경우가 있고, 그러면 나무는 횃불처럼 타오른다. 마지막까지 양들이 풀을 뜯던 울타리 친 구역은 먼지 날리는 땅, 드문드문 보이는 누런색 풀 뭉치뿐 이제 먹을 것이 없어서, 동물들은 불이 시작되기 전에 이미 섬 밖으로 옮겨졌다. 비버들은 화재경보가 있기 전에 자신들의 건축물을 포기했고 강을 가로질러 헤엄쳐 갔다. 섬 중앙에 자리한 작은 체리 과수원은 훼손되지 않았다.

그는 불 소리가 더 이상 들리지 않음을 확인한다. 강 건너편 기슭에 있는 다차선 고속도로의 쉴쐴거림이 그의 숨길이 내는 소리를 덮어버린다. 목과 흉곽이 답답하고, 기관지의 쩔그렁거림과 웅웅거림을 느끼고 스프레이를 찾아 더듬는다. 아직 아니야. 한 손은 바지 주머니 안에 넣고, 다른 한 손으로는 난간을 꽉 잡고, 한 계단 두 계단 오른다. 두 개의 도로를 건너 그는 어느 집의 안뜰 진입로 그늘 안으로 들어선다. 몸이 으스스해서 웅크리자, 전신 근육이 경련을 일으킨다, 목, 가슴, 배, 허리까지. 그는 스프레이를 입에 대고, 한 번 누르고, 최대한 깊이 들이마신다, 딱 한 번만. 벽에 기대서 기다려 본다. 두 팔로 상체를 감싼다. 지하철, 버스 또는 택시는 안 된다. 차가운 공기는 최악의 자극이다. 그는 한 시간 동안 걷고, 놀이터의 목제 탑 그늘에서 쉰다. 스프레이를 입에 대고, 누르고, 들이마시고, 기다린다. 또 한 시간을 더 가고, 어느 집 입구에서 한 번 더 쉰 후에야 마침내 그는 집에 당도했다. 긴 소파 위에 몸을 쭉 뻗고, 머리와 목덜미를 고이고, 호흡근육들이 최대한 이완되도록 한다. 오늘은 수면제를 먹지 않는다. 이런 밤에는 깊이 푹 잠을 잘 것이라고들 말한다, 8시간 동안. 거의 두 번 살아 나왔다.

조금도 눈을 붙이지 못했고, 일어나면서 침대 난간, 서랍장의 대리석 상판을 짚는다. 스카프는 오늘도 바닥에 떨어져 있다. 나는 어제 우물에서 길어 온 물로 세수를 한다. 부엌을 가로질러 가면서 찬장, 석탄오븐을 짚는다. 생수병 물로 커피를 끓인다. 예전에는 우물물을 마셨다. 이제 나는 중정에, 현관문 옆에 있는 의자에 앉아 있다. 등을 딱 붙이고.

아침마다 나는 집을 나서고 매일 아침은, 태양이 아직 저 아래에 있는데도, 태양이 아직 보이지 않는데도 환하다. 밤이 물러나기 시작하면 밝고, 건조하고, 바람은 없다. 재앙은 울부짖는 바람, 미쳐 날뛰는 폭풍이 아니다. 종말은 완벽한 무풍상태다. 기단의 교대, 교환도 없고 모든 것이 현 상태를 고수한다. 일인용 소파 위의 행주는 내가 어제 걸쳐놓은 그대로인 듯하고, 벽 돌출부 위의 말라버린 꽃잎들은, 갓털 달린 홑씨도 봉오리에 붙은 씨방껍질도 전혀 흩날리지 않았듯 그대로였다. 나는 내 머리카락을 헤집고 빰을 식혀 땀 없이도 붉고 따뜻하게 해주는 바람이 그립다. 나는 추위에 어깨를 추켜세우고, 한기에 건조해진 두 손을 비비리라.

이 계절에 전쟁이 나면, 한 번의 사격연습도 대형화재를 야기하기에 충분하기 때문에 유럽은 온통 불바다가 될 거야. 한마음 한 뜻으로, 한 거푸집에서 나온 양, 이라고들 하지. 주조를 하려면 불이 필요해, 그가 말한다. 산불은 전쟁 소식보다 더 빨리 퍼질 거야. 언제 시작되는지와 상관없고, 다음 번 산불 시즌까지 그리고 그 이후에도 지속될 거야. 나는 뒷문 앞 벤치 위, 한낮의 태양 아래 앉았다. 한낮의 태양은 피해야 한다. 태양은 졸리게 하고, 공기층들을 서로 반사시켜 아른거리게 하고, 거리감을 유발한다. 자작나무들은 헝클어지게 자라, 바람이 멎었는데도 스스로 미풍을 만들어내서 잎들이 눈부시게 반짝인다.

나는 창가로 다가서 손잡이를 손에 쥐고 있는데, 바람이 창문짝을 내게서 잡아채서 방 안으로 밀치고 내 얼굴로 매섭게 달려들어, 나는 움찔 얼굴을 쳐든다. 땀이 내 코 아래 오목한 곳에서 입술 위 상처 안으로 흘러들고 따갑다. 나는 일어나서 요오드팅크를 바르고 밭들을 지나 숲으로 간다. 프랑스 남부에서는 사흘 전부터 넓은 지역이 불타고 있다. 군사지역이고, 진화작업은 탄약고 때문에 어렵사리 진행된다. 사격연습을 담당한 장교는 군사법정에 섰다. 예전에는 많은 곳에서 방화범 또는 방화약탈자를 불에게 넘겨주는 법이 있었다. 그들은 불태워졌다, 그 밖에 다른 답이 있는가?

그는 내장의 불에 대해 생각하기를 좋아한다. 그는 순수한 불을 상상한다. 불꽃이 없는 무색 빛, 열처럼 사방으로 퍼져나간다. 불은 천천히 영토를 넓혀가고, 아주 천천히 안으로부터 그를 먹어 들어간다. 아무것도 남지 않을 때까지. 잔여물을 남기지 않는 연소. 노란 주황 불꽃이 남기는 검댕도, 오염물질도, 한 줌의 재도 없다. 그의 생명에너지 전부는 열과 빛의 형태로 대기 속으로 되돌아간다. 산山은 공기 중으로 승화한다.

적진으로 들어가기 전 나는 숲 언저리에서 탐색전을 펼친다. 우선 잰걸음으로 달리고, 근육과 힘줄을 점검하고, 그 후 더 빨리 달린다. 신발 밑창은 발아래 물체를 감지한다. 나뭇잎, 가지, 덩굴, 침엽, 부드러운 흙, 지면의 무른 정도 등. 무릎 관절은 이에 적응하고, 절대 삐어서는 안 되며, 다른 쪽 발이 벌써 자리를 잡고 몸을 받쳐주어야 한다. 멈추고, 귀를 기울이고, 계속 가다가, 적절한 순간에, 육체가 무엇을 하는지 모르지만, 거기에 자신을 맡긴다. 경사면을 오르고, 마지막 걸음은 미지의 저 위 그리고 저 뒤로의 도약이고, 멈춰 서고, 힘들어서 몸이 떨린다. 전망점을 찾고, 풍경을 살펴본다. 구덩이, 벌채된 길, 이것들을 건널 수 있을 지점들, 피해야 하는 도로들, 헐벗은 바위들, 접근할 수 없는 가파른 언덕들, 모든 웅덩이, 연못, 개울, 물은 많지 않다. 주의를 기울여야 할 것은 특히 방위와 바람의 상황이다.

풍경의 가장 높은 지점, 네 개의 나무기둥 위에 통나무 오두막이 있다. 측량할 수 없이 넓은 숲은 더 이상 없고, 감시원이라는 직업도 그만큼 드물다. 유명 국립공원의 마지막 '룩아웃lookout'은 저술가였는데, 그는 화재에 대해 글을 썼지만 불을 신고하지는 못했다. 해고. 이 나라에서는 오래된 화재감시탑, 이동통신탑 위에 센서가 부착되어 있다. 센서 하나가 10만 헥타르 이상을 감지하고 연기나 먼지 등 이상 징후가 있으면 아무리 작은 것이라도 보고한다. 어딘가에 사람 하나가 앉아 이 영상들을 확인한다.

기상학연구소에서 한밤중에 그는 수위실을 나와 본관 건물의 넓은 계단을 올라간다. 3층 건물이고, 사무실로 가는 복도에는 비상등이 켜져 있고 건물 안에는 더 이상 아무도 없다. 낮은 철문, 그 뒤의 좁은 나선형 계단, 높은 참, 지난 세기에 만들어진 탑, 그는 지붕으로 올라가 밖으로 나온다. 가장 높은 지점 위에 있는 좁다란 사다리의 네 디딤대 위, 난간이 둘러쳐진 플랫폼에는 관측 기구들이 있다. 강은 가시권 안에 있지 않고, 언덕 너머에서 평야를 흘러간다. 아침이면 그는 근무를 마칠 것이고, 언덕 등성이를 넘어 도시로 내려갈 것이다. 섬이 불타고부터 그는, 판자 다리 위에 서 있을 수 없기에 화재지도만 들여다본다. 지도 위에서도 섬 화재는 기피한다.

어떻게 거기가 아직도 불탈 수 있는지 아무도 이해하지 못한다. 사람들은 불이 건조한 식물계를 며칠 안에 다 먹어치우고, 재가 거름이 된 땅에서 싱싱한 초록이 자랄 것이라고 예상했다. 그런데 그 대신에 전체 면적이 설명할 수 없이 오랫동안 불탔고, 점점 더 깊은 지층들이 파괴되었다. 연기는 도시 위에 매달려 있었고 붉은 기가 도는 노란 먼지와 섞였다. 사하라에서 예기치 않은 화재가 발생했다. 그의 폐는 뿌드득거리고, 스프레이도 소용이 없다.

빛이 줄어들면, 태양이 물러가면, 그리고 인간들이 하늘이 가려졌다고 믿으면, 노루들이 온다. 전깃불은 집 안의 어둠을 몰아내지 못하고, 아직 하늘이 밝기 때문에 사람들은 바깥만 쳐다본다. 노루들은 숲 언저리와 들판에서 다가온다. 울타리가 없거나 구멍 난 곳을 통해 들어와서 정원에 서 있다. 움직이지만 않으면 그들은 분명 눈에 띄지 않을 것이다. 나도 멈춰 선다. 노루 한 마리가 어느 집 진입로의 둥근 장미화단에서 나를 바라본다. 나는 가던 길을 다시 가고, 노루는 고개 숙여 계속 풀을 뜯는다.

나는 일정한 속도로 걷고, 길은 두 언덕 사면 사이로 내려갔다가 다시 올라가고, 이곳에서 성까지는 그리 멀지 않다. 탕, 또 한 번 더 탕. 내 오른쪽 비탈 위에 움직임 하나, 황토색 바탕에 회색과 밝은 갈색이고, 미끄러지듯이 빠르게 밭을 가로질러, 우리의 길이 마주치는 배수로로 들어간다. 나는 교차점을 향해 발걸음을 재촉한다. 양들의 울음, 인간들의 외침, 남자 목소리 하나와 여자 목소리 하나, 저기 아래야! 탕, 또 한 번 더 탕. 나는 내가 맞은편 비탈을 올라가는 것을 지켜본다. 밭 위의 선을 따라, 목소리부터 멀어져 숲을 향해서.

쟁기질한 흙은 걸음걸음 더 무거워지고, 나는 두 손과 두 발로 달리고, 걸음걸음 어깻죽지가 올라갔다 내려간다. 뒤에서 들리는 울부짖음, 나는 입고 있던 털외투를 벗어던져야 한다. 나를 덮은 아마천 이불을 잡아당기고, 힘겹게 숨을 쉬면서 배를 대고 눕는다. 두 손이 떨리고, 떨리는 손으로 나는 머리 위의 철제 봉을 꽉 움켜잡는다.

아이가 병을 이겨냈어, 언니가 전화로 말한다, 이제 말하기 시작해. 곧 나보다 말을 더 많이 할 수 있겠네. 언니가 웃는다. 네 상처는 어때? 나는 풀밭을 내다보며 긍정하는 소리를 낸다. 늦은 오후, 기억을 일깨우는 것은 종종 이 빛이다. 창문을 통해서 나는 뭔가가 하늘에서 땅으로 떨어지는 것을, 나무에서 멀지 않은 곳에 누워 있는 것을 보았고, 그것은 검었고, 까마귀만 한 크기였다. 나는 밖으로 나갔고 집 앞에서 갑자기 그가 내 옆에 있었다. 짐승은 이미 거기에 없었지만 나무 근처에서 우리는 덫을 발견했다. 우리는 열린 덫 이빨 사이로 막대기 하나를 억지로 밀어 넣었다. 그때와 같은 빛이지만 짐승은 도로 건너편에 있었고, 거기에는 지금은 키 큰 나무가 없다. 언니는 내가 조만간 다시 올 거냐고 묻는다.

성에는 적어도 네 개의 화구가 있다. 부엌과 침실 사이 방에 벽난로가 있고, 부엌에 오래된 석탄오븐이 있다. 벽난로와 마찬가지로 깨끗해서, 먼지가 앉았지만 검댕이나 재가 없다. 그리고 내가 창문으로 보았던 관리실 안의 벽난로, 그 밖에는 과수원에 있는 가마 아래 아궁이. 오늘 아침 이후로 전기레인지와 전등들이 더 이상 켜지지 않고 라디에이터도 더 이상 작동하지 않는다. 가게에서 나는 물 몇 병, 초, 라이터, 성냥, 부탄가스를 장바구니에 담는다. 진열대에서 젬멜 세 개를 주문한다. 주인 여자는 빵을 담은 종이봉투를 진열대 위에 올려만 놓고 내게 건네주지는 않는다. 입이 왜 그래요, 그녀는 서두르면서 나지막이 말한다. 앞쪽 계산대에서 가는귀가 먹은 여자 손님과 가게 주인의 큰 목소리가 들린다. 그의 아내는 내 입술을 쳐다보고 나와 눈을 맞춘다. 상처가 났어요, 내가 말한다. 그런데 너무 오래됐어요, 그녀가 말한다. 안 나으려나 봐요. 그녀는 내게 빵을 건네준다. 나는 가게 주인이 있는 계산대에서 계산을 하고, 그는 아무 말도 하지 않고, 다른 여자 손님은 말없이 바라본다.

조심해, 그들은 너를 마녀로 보고 마을에서 내쫓을 거야. 나는 이 나라에서 최고위험 지역에 있어. 이 나라엔 '극단적 위험'이라는 건 없고 '위험 증가'만 있을 뿐이야. 경보시스템은 예나 지금이나, 변화된 상황을 따라가지 못해. 더 많은 자료가 필요하다고들 하지. 내 상관은 오래전부터 더 이상 수위실에 들르지 않고, 긴급히 산불알고리즘 전문가를 물색하고 있어.

오늘 밤에는 침실 안 외풍이 평소보다 더 강하다. 나는 시선을 문 쪽으로 향하고, 그 문이 어디로 난 문인지 모르지만, 변함없이 닫혀 있다. 자리에서 일어나 벽난로가 있는 샛간을 지나고, 부엌을 지나고, 중정을 지난다. 내 옆에서 바람이 따라온다. 발걸음을 늦추면 바람은 내게서 멀어지고, 내가 멈춰 서면 사라진다. 나는 조용한 걸음으로 걷고, 그래서 나는 바람을 약하게, 하지만 내 왼편에서 정확히 느낄 수 있다. 뒷문을 지나 어두운 풀밭으로 나간다. 언덕마루들, 그 뒤로 몇 시간 전에 태양이 붉게 작열하며 가라앉았다. 이제 불꽃은 더 가까이에 있고, 절반을 왔다. 나는 지평선이 내게 달려 있음을 안다. 거리는 어둠 속에서 가장 기만적인 것이 된다.

여러 개의 작은 불이 발생했고, 나는 타닥거리는 소리, 나무에서 쉭쉭 나오는 가스 소리, 불꽃의 노래를 듣는다. 여러 불들은 언제라도 하나의 전선으로 합쳐져서 달리기 시작할 수 있다. 바람이 일어날 수 있고, 그것이 나를 밖으로 데려온 외풍이었다. 불 속에는 불안정한 지점이 있어서, 이따금씩 높이 치솟는 개별 불꽃이 꺼졌다가 멀어졌다가 둥둥 떠다니고, 눈에 보이지 않는 몸체가 불꽃을 밭 너머 내게로 데려온다. 나는 몸이 경직되고, 불꽃은 갑자기 미친 듯이 빨라진다. 다음 순간 불꽃이 도랑을 건널 때, 나는 한 쌍의 불타는 눈을 알아보지만 그 후 마치 밤에 집어삼켜진 듯 더 이상 아무것도 알아볼 수 없다. 불은 밭 위에서 가만히 타오르고, 붉은 기가 도는 노란색이다. 어둠 속에서 연기는 보이지 않는다. 나는 그 형상이 다시 한번 나타나기를 기다린다.

화재지도 위에 측정치가 표시되고, 이는 수백 수천 킬로미터 너머까지 센서, 안테나 그리고 전송케이블에 의해 전달된 것이다. 그는 숫자들을 살펴보았고, 그는 위험한 수치들을 알고 있고, 온도, 바람, 강수, 습도에 대한 기상학 표기들을 지표물질, 낙엽층의 건조도 그리고 상층과 심층의 유기물질 등의 결정적 수치들과 연결시킬 줄 알고, 산불누적위험도를 측정할 수 있다. 하지만 그 후 화면 앞에 가만히 앉아서, 수치를 표시하는 창을 열지 않고 시선을 낯선 풍경 위에 머무르게 하고 있으면, 그는 가끔 특정한 지점에 이끌린다. 그곳에서는 아무것도 보이지 않고, 위험 증가도 확인되지 않는 경우가 많지만 그래도 그는 거기서 눈을 떼지 못한다. 육체적인 동요. 어떤 예감. 그는 이 지점을 시선 속에 담아둔다. 종종 여러 날 동안 그렇게 하다 보면 어느 날 빨간색 사각형이 그 위에 나타난다. 그는 이에 대해 그 누구와도 이야기하지 않는다.

절임병을 닫기 전 한 줌의 건포도를 굴 입구 앞에 뿌린다. 내가 도착한 이후로 쥐는 이미 한 세대 새끼를 키웠고 두 번째 세대를 낳았을 것이다. 어스름이 깔리고 나는 정문을 지나 길을 나섰다. 구청 주최로 여름의 끝을 기뻐하는 축제가 열렸고, 나도 그에 맞게 차려입었다. 어두운 색 바지와 마찬가지로 어두운 색 셔츠다. 그러면서 내 옷들 전부에 난 아주 작은 구멍들과 들쑥날쑥한 끝단을 확인했다. 갉아먹혔다. 불이 아니고 쥐들이 그런 것이다. 이따금씩 나는 침실에서 밤에 쥐들이 달려가고 바스락거리는 소리를 듣는다. 나는 요오드팅크를 윗입술과 아랫입술, 안과 밖에 충분히 펼쳐 바른다. 이 지자체에는 마을 여러 개가 속해 있고, 축제는 오래된 소방서 건물 뒤에서 열린다. 소방서 건물은 몇 년 전 여러 소방대가 통합된 이후로 비어 있다. 자원소방관들은 모든 마을에서 오고 중앙지휘소는 조금 떨어진 가장 큰 마을에 있다.

나는 크게 우회해서 접근한다. 농로를 통해 숲 가장자리로 올라가고, 거기를 따라, 축제가 열리는 풀밭을 향해 간다. 그 장소를 위에서 내려다본다. 어디에나 자동차들이 세워져 있고, 도로 건너편에 있는 또 다른 풀밭이 주차장으로 이용되고, 음향장비가 소리를 사방으로 나른다. 축제 장소는 판자 가건물들, 목재 무대 그리고 수많은 간이벤치들로 이루어져 있다. 그 뒤 숲 가장자리 비탈로 이어지는 밭 위에는 장작더미가 쌓여 있다. 벌써 2주 전에 소방관들은 장작을 아주 정교하게 쌓기 시작했다, 몇 미터 높이로, 그것은 아름다운 불이 되었으리라. 마지막까지도 사람들은 축제 전에 한 번 더 비가 내리기를 희망했지만, 오늘 아침에 빨간색과 흰색의 차단 띠가 쳐졌다. 전통적 불놀이는 올해에는 없어야 한다, 화재위험이 너무 크다.

숲 가장자리에서 나는 검게 솟아 있는 장작더미, 그리고 그 뒤 불을 밝힌 축제 장소를 본다. 사람들은 춤을 추고 소음과 땅 구르는 소리가 내게까지 밀려 올라온다. 이미 여러 해 전부터 더 이상 사람들은 밀짚인형을 태우지 않고, 젊은이들이 다 타서 무너져 내린 불을 건너뛰는 관습을 기억하는 사람도 이제 거의 없다. 불에 닿지 않은 채 남는 것이 불모를 의미한다는 것을 알았던 사람들은 오래전에 다 죽었다.

판자 가건물 뒷벽에 두 명이 앉아서 반 리터 컵으로 술을 마신다. 장작더미와 그 뒤의 언덕을 보면서. 어둠 속 담뱃불의 미광. 벌써 한 번 화재가 났어. 보험회사가 보상해줬지만 뭔가 꺼림칙하게 진행되었지. 수도랑 전기도 끊겼대. 여러 명일 거야, 둥지를 튼 거지. 밤마다 목소리들이 들린대. 단호히 대처해야 해, 철거하고, 뭔가 새것을 지어야지.

북아메리카인들은 그들의 지도 위에 가스플레어링도 표시한다. 석유 시추 때, 탄광 또는 화학산업단지에서 가동되는 불이다. 이 나라의 동쪽에서는 선홍색과 노란색 사각형들이 보이고, 정유공장들은 여기서 100킬로미터도 떨어져 있지 않다. 방화복, 호스, 물탱크차 등 진화를 위해서도 많은 에너지 연소가 필요하다. 대개의 식생화재는 인간의 방화나 실수로 유발되며, 화재위험에서 결정적인 것은 종종 인간이 만든 사회기반시설이다. 유럽인들은 오로지 식생화재만을 보여준다. 그들의 지도 위에서 이 나라는 깊은 어둠 속에 잠겨 있다. 판자 가건물 뒷벽에 기댄 두 사람은 사라졌다. 불에 대한 생활규칙은 늘 평화 시에만 유효하다. 다시 말해, 개별 공동체들이 단결을 유지할 때만.

불을 밝힌 풀밭 위 축제 권역으로부터 한 형상이 장작더미 방향으로 걸어 나와 밭으로 가서는 거기에 쪼그리고 앉는다. 위쪽에서 이제 다른 한 형상이 쪼그리고 앉은 형상에게 다가간다. 쪼그리고 앉은 형상은 축제 장소를 내려다보고 있다가 뒤에서 들리는 발소리를 감지하고는 일어선다. 바지를 엉덩이 위로 끌어올리면서 달리기 시작한다. 그때 다른 형상이 이 형상을 따라잡고 둘은 어두운 한 덩어리가 되어 흙 위에 엎어진다.

장작더미 옆에 누군가가 서서 담배에 불을 붙인다. 판자 가건물들과 목재 무대는 우두커니 어둠 속에 서 있고, 가벼운 바람은 밭 위의 곡식을 흔들고 조용히 불꽃이 타오르게 한다. 불이 금지되었기 때문에 어떤 준비도 되어 있지 않았고, 주변에 물을 뿌리지도 않았고, 인화성 물질을 치우지도 않았다. 불티가 비옥한 땅 위에 떨어진다. 불은 그루터기 밭을 지나 축제 장소로 내리 달리고 가벼운 걸음으로 숲 가장자리를 올라간다.

나는 언덕을 내려와 어두운 농로를 지나 마을로 들어간다. 환하게 불이 켜진 도로에 들어서고, 눈이 부시고, 갑자기 단단한 지면을 딛는다. 두 다리가 허물어지고, 나는 쓰러진다. 손을 짚고 몸을 일으킨다. 입안의 것을 뱉어낸다. 현관에, 앞뜰에 서 있는 사람들은 이제 더 이상 지평선의 불빛으로 시선을 보내지 않는다. 나는 도로 한가운데 쪼그리고 앉아서 입안의 것을 뱉어내고, 피만 나오는 것이 아니다. 일어서서 다시 한번 뱉는다, 입속에 조그만 조각들이 들어 있으므로. 아무도 다가오지 않는다. 나는 출발한다. 나는 자리를 뜬다.

성에서 나는 막 터진 입술을 우물물로, 그 후 생수병의 물로 씻어 낸다. 브랜디로 소독하고 상처 위에 수건을 대고 누른다. 피가 멈추자 나는 손거울을 보고, 꿰맨 자리가 터졌음을 확인한다. 아랫입술에도 윗입술에도 봉합사가 없다. 따갑고 충혈된 눈, 새까매진 얼굴, 벌어진 입이 나를 보고 웃는다.

딱 부러지는 소리와 탁탁거리는 소리가 직접 피부 위로 전달된다. 아궁이불이나 모닥불은 산불이 내는 소리를 흉내조차 내지 못한다. 산불은 숨을 쉬면서 나무를 먹어치운다, 하나씩 하나씩. 배가 고프면 먹고 싶고, 먹어치우고 싶고, '집어삼키고to devour' 싶다. 영어가 불을 묘사하는 데 적절한 언어인 경우가 가끔 있다. '캐노피canopy'는 천개, 천공을 가리키고, 이파리지붕, 우듬지 끝도 가리킨다. 그는 석탄오븐 앞에 무릎을 꿇고 공기를 깊게 들이마신다. 잉걸불 안으로 공기를 불어넣기 위해서다. 그의 흉곽으로부터 솨솨거림이라기보다는 으르렁거림이 밀려 나온다. 불이 위로 솟구치고 윙윙거리기 시작한다. 의학적 관점에서 그는 불과의 접촉을 전적으로 피해야 한다. 나는 그가 숨을 들이마시고 불에 넘겨주는 것을 지켜본다. 불은 높이 휘파람을 불고 그는 목구멍 가장 깊은 곳으로부터, 낮게, 멜로디를 넣어 휘파람을 분다. 하부 기도에서 아득한 새소리가 들린다. 다성합창이다. 나는 부엌 벤치에 한 다리를 끌어당긴 채 앉아 있고, 그는 석탄오븐에 기대 서 있다. 그가 등 뒤로 손을 짚으려 할 때, 안 돼, 라고 내가 말하고 그는 가슴 앞으로 팔짱을 낀다.

사방이 조용한 한밤중. 우리는 먹었다, 한 조각 한 조각 먹어치우고, 이어 불이 꺼질 때까지, 잉걸불도 꺼질 때까지 기다렸다. 옛날에는 밤이 되면 불을 덮어 잠재웠다. 낮은 재 속에, 숯 조각들 사이에 남은 잉걸불을 새로 점화해 불을 깨우는 것으로 시작했다. 우리는 아직 라이터와 성냥이 있다. 우리는 손바닥 사이에 나무 막대기를 비빌 것이고, 우리는 유리 밑에 종이를 깔아 태양 아래 내놓을 것이고, 우리는 불씨를 얻기 위해, 우리를 따뜻하게 하기 위해, 영양분을 섭취하고 야생 동물로부터 우리를 방어하기 위해, 온갖 것을 다 시도할 것이다. 그는 두 팔을 푼다. 내게로 와서 따뜻한 손을 나의 맨 무릎 위에 얹는다. 우리는 잠시 여기 머무를 수 있다, 오래가지는 않겠지만. 그의 가슴속 새는 대개는 다시 저 위쪽에 앉아 있고, 가끔씩은 아래 바닥에 앉아 있다. 지금처럼, 내 입 근처에.

옮긴이 후기

"불꽃을 지키는 자가 미쳐 날뛰면, 불도 미쳐 날뛴다." 라우라 프로이덴탈러는 소설을 여는 인상적 제사를 스티븐 파인의 저서 《불의 역사》에서 빌렸다.

마찬가지로 불의 역사를 탐구한 철학자 페터 슬로터다이크는 "인간이 방화광이 되어 미쳐 날뛰면, 어떤 결과가 초래될지 몰랐"던 《프로메테우스의 후회》를 대신 적었다. 만약 프로메테우스가 '앞을 내다보는 자'라는 이름처럼 미래를 알 수 있었다면 인간에게 불을 선물했을까? 역사보다 먼 신화 속에서 인간의 운명은 신들의 손에 놓인 불에 의해 좌우되었다. 그러나 오늘날 인간은 석탄, 석유, 가스가 서서히 자라던 "지하의 숲"에 불을 놓은 집단방화범이다.

작가가 《아르슨》에서 '예보'한 대로, 혹은 등장인물의 입을 빌려 '진단'한 대로, 우리 인간은 파괴적 결말을 향해 가고 있다. 인간의 역사는 곧 불을 길들여온 역사이고, 그 역사 끝에 현대인은 불 속에서 생존하고 불을 통해 번식하며 불의 발생을 촉진하는 파이로파이트pyrophyte가 되었다. 그러나 "절대적 지배는 항상 파괴적 결말을 맺는다"(101쪽).

*

우리가 '지하의 숲'에 지른 불은 기후위기라는 파괴적 결말을 초래했다. 기자인 화자 '나'와 산불전문가인 화자의 연인 '그'는 이 위기를 온몸으로 겪는다. 폭염, 불면, 악몽, 호흡곤란, 아물지 않는 상처, 화상 위에 거듭되는 화상…. 이는 바다생물의 집단폐사, 산호초 백화, 집중폭우, 산사태, 지진, 산불 등 지구와 그 생태계가 겪는 고통이기도 하다.

산불은 인간이 저지른 '집단방화'의 연쇄적 결과이자, '그'의 말대로 불의 복수다.

> 슬픈 불은 폭력으로 질러진 불이다. 그런 불은 불이 일어나지 않을 지역에서 자신의 의지와는 반대로 탄다, 아이가 자신에게 가해진 잔인함을 다른 사람에게 다시 전달하지 않을 수 없듯이. 누군가는 그 불에도 공감해야 한다. 누군가는 슬픔을 견뎌야 한다(167쪽).

그렇다면 누가 방화범arsonist인가? 끝까지 읽어보아도 범인을 특정할 수 없다. 작가는 방화의 흔적인 검댕을 '나'의 손에도 '그'의 손에도 묻혀 놓고 독자에게 보여준다. 환경문제로 우울증을 앓고 있는 '나'도, '불에 공감'하는 '그'도, 자기 삶만 생각해야 한다는 이기적인 안드레아도, 찌는 더위 속에서 원인 모를 병에 걸린 어린 자식을 걱정하는 언니도, 이들 주위를 스쳐가는 그림자 같은 형상(들)도, 이들을 바라보고 있는 우리도, 손에 "아직 라이터와 성냥이 있다."

사실 작가가 의도한 모호함은 제목에서부터 드러나 있다. 'Arson'은 '방화'로 번역되는 영어 단어지만 영어를 모국어로 쓰는 사람이 아니라면 생소한 단어다. 왜 작가는 의미가 분명한 독일어를 놔두고 'Arson'을 선택했을까? '아르슨'은 무엇일까? 작품 속 이름 없는 '나'의 이름일까, 불처럼 숨 쉬고 불과 일체화되는 '그'의 이름일까? 어느 신화에 나오는 불의 신일까? 방화의 범인을 지목할 수 없듯 우리는 아르슨의 의미를 확정할 수 없다.

*

라우라 프로이덴탈러는 현재 독일어권에서 가장 주목받는 젊은 작가 중 한 명이다. 그는 인간 내면의 불안과 사회적 위기를 실험적 언어로 그려낸다는 평을 받는다. 《아르슨》은 그의 작품세계가 가장 응축된 작품이다.

꿈과 현실, 독백과 대화를 넘나드는 파편적인 상황 서술, 말의 주인과 맥락을 모호하게 하는 시점의 중첩, 압축적인 문장, 단어들의 나열 등 소설의 형식상 파격들은 선명한 의미 전달에는 효과적이지 않다. 《아르슨》의 언어가 자아내는 모호함과 양가성은 기후위기 시대를 살아가는 인간의 불안을 고스란히 전달한다.

이는 작가가 자연과 사회 그리고 인간의 내면에 닥친 새로운 현실을 반영하는 새로운 언어를 모색한 결과이다. 그는 "쓸모없고 임의적이거나 기만적"(101쪽)인 언어를 벗어나 자신이 사용하는 언어가 독자의 정서를 흔들어놓기를 바랐다. 우리말로 옮기면서 가장 고심한 부분 역시 이렇게 치밀하게 계산된 의도적 모호함이었다. 그러나 '기후소설 climate fiction'이라는 장르로 규정되는 이 작품이 기후위기라는 소재에 매몰되지 않고 보편적 예술로 평가받는 이유가 여기에 있다.

*

《아르슨》은 두 개의 불, 두 개의 '방화'에 관한 이야기다. 우리를 살아가게 하는 불 그리고 우리를 파괴하는 불. 우리는 생존을 위해 매일 저마다 방화를 저지르며 살아간다. 우리가 '앞을 내다보는 자'는 아니지만, 집단방화범이 되어 날뛰고 있는 인간이 어떤 미래를 맞게 될지 생각해본다. 불꽃을 지켜야 하는 자가 미쳐 날뛰면, "불이 복수를 할 것이다"(193쪽).